家事国事天下大事，事事关注忧国忧民。

战备抢险救灾急事，事事牵挂居安思危。

李西亭

（1992年秋摄于山东潍坊郑板桥旧居）

异彩人生

大阳

山西出版传媒集团

山西人民出版社

图书在版编目（CIP）数据

异彩人生 / 李西亭著.-- 太原:山西人民出版社，
2017.6
ISBN 978-7-203-09966-6

Ⅰ.①异… Ⅱ.①李… Ⅲ.①回忆录－中国－当代
Ⅳ.①I251

中国版本图书馆 CIP 数据核字(2017)第 103847 号

异彩人生

著　　者：李西亭
责任编辑：员荣亮
复　　审：贺　权
终　　审：秦继华
装帧设计：立　方

出 版 者：山西出版传媒集团·山西人民出版社
地　　址：太原市建设南路 21 号
邮　　编：030012
发行营销：0351－4922220　4955996　4956039　4922127(传真)
天猫官网：http://sxrmcbs.tmall.com　　电　话：0351－4922159
E － mai l：sxskcb@163.com 发行部
　　　　　　sxskcb@126.com 总编室
网　　址：www.sxskcb.com

经 销 者：山西出版传媒集团·山西人民出版社
承 印 者：山西立方印业有限公司

开　　本：787mm X 1092mm　1/16
印　　张：14
字　　数：180 千字
印　　数：1－1000 册
版　　次：2017 年 6 月　第 1 版
印　　次：2017 年 6 月　第 1 次印刷
书　　号：ISBN 978-7-203-09966-6
定　　价：88.00 元

序

巩玉生

一生好景君牢记，更是橙黄橘绿时。西亭公自传式新书《异彩人生》付梓在即。

丁酉年春节刚过，西亭公便叩门诚邀，亲嘱我为其作序。恳切之意，溢于言表。我本才疏学浅、笔力不逮，礼貌谢绝，未尝不可。但同侪兄弟，盛情难却，只能知其难为而勉强为之。然更使我知其必为而勉力为之的是我对先生人格的感佩与《异彩人生》对我的震撼。

"序"，承担着对作者、作品进行介绍与评论，对书中的观点、论述进行引申与发挥，以及帮助读者更好地理解图书内涵的任务，属于应用文的范畴。"序"的内容比较宽泛，表达方式多样，可以根据写作目的的需要，综合运用多种表现手法。具有真知灼见的专家之"序"，有利于读者深入堂奥；具有社会影响的名人之"序"，有助于读者脱颖而出。

从"序"的基本意义上讲，我并不具备作《序》的资格，很难对《异彩人生》这样一本集人文、历史、科技、政论为一体的鸿篇巨制有透彻的分析和深刻的见解，也就难于做准确、全面、深入的评价和荐介，只能把自己有幸在第一时间初读《异彩人生》的粗浅体会列举一二，与读者分享。

人生自有诗意，书中更有真意。

《异彩人生》，最初映入读者眼帘的封面设计独特而新颖，颇具

异彩人生

清代早期艺坛巨星郑板桥名画《修竹新篁图》之奇光"异彩"。先生刻意于板桥旧居的珍贵留影不失为"四时不谢之兰"、"万古不败之石"的心灵映现，先生"居安思危"、"忧国忧民"的理念尤具"百节长青之竹"、"千秋不变之人"的精神写照。只有生命的蜿蜒，没有表达的迂回。越是艰难困苦的时刻，越能呈现先生生命的光彩。

《异彩人生》，洋洋大作，滔滔万言，既无浮艳漂华的辞藻，更无委顿萎靡的浑话，只有精炼鲜明的语言、铿锵动听的音韵、抑扬起伏的声情、比兴寄托的风雅、端直飞动的风骨。"修竹"的摇风弄雨、含霜吐露、强悍不羁，"新篁"的清净秀美、超尘脱俗、天趣淋漓，跃然纸上；作者成长史、国家发展史、科技进步史，历历在目。好学上进、自学成才的奋斗精神，爱岗敬业、尽职尽责的奉献精神，不仅使人耳目一新，更使人为之一振。先生的为人之道、处世之道、成才之道、生财之道，不仅对文坛的郁闷是一种无情的荡涤，对书界的积弊也是一种强力的冲洗。先生总是自觉地在塑造人生的过程中塑造人心，在塑造人心的基础上塑造人生。

《异彩人生》，以半个多世纪无可辩驳的"纪实"证明，先生是一名堂堂正正、特立独行、富有才学的大写之"人"。他，既敢于享受"冒险"的刺激，又善于权衡行为的利弊。深刻，无法在眨眼之间实现；影响，却在潜移默化中发生；变化，常在有意无意中突破；一个字、一句话，很可能就是一部文化史，更不待说《异彩人生》这样一本穿越时空的好书。文化，不仅具有渗透性，而且具有穿透力；文化，又是消除政治地理学上瘢痕的界限，并成功跨越这些界限，把人们的情感和精神联系在一起的纽带。先生的书，以自己的亲历、亲践为"文化"作了一个栩栩如生的"注"。

功名只向马上取，真是英雄一丈夫。李西亭先生，喜欢在自己的领域找到自己的事业。前面的工作在哪里结束，后面的工作就从哪里开始。穿着本职工作的鞋，走着与众不同的路。步履沉稳而坚定，道路曲折而通幽。无疑，先生真是一位勇于攀登道德高地、科技高地、历史高地的"英雄一丈夫"。

如今，先生虽然已是80高龄的耄耋之人，但他身板硬朗、思维敏捷，精神矍铄、激情饱满，"百岁计划"前的路线图、时间表业已绘就，行动已经起步，"唯有竹枝浑不怕，挺然相斗一百场"的豪迈气概，无不令知情人刮目相看，我们当然满怀期待。

关于作者的基本情况、书著的出版意旨、写作经过、主要内容，在本书的"前言"和"后记"中已经作了简要的说明，《序》中不再赘述。

《异彩人生》破茧成蝶，高山流水必有知音。

是为序。

2017年2月7日

（巩玉生，原山西省公安厅副厅长、省政法委副书记、省政协常委、《警道》和《玫瑰》两部大作的作者。）

前　言

　　日月长久，人生短暂，生活平淡，事业平凡，这可能是大多数人的人生经历，尤其是生长在山区农村的农民子弟更是如此。

　　但是路在人走，事在人为，如果人在一生中能够遇到一些好的机遇和挑战，再加上个人的主观努力和奋斗，依然可以事业有成，有所作为。

　　人的一生就活个奉献精神，如果没有奉献精神也就失去了人生价值。人活着要有尊严，别人可以看不起自己，但自己不能看不起自己；别人不会写自己的历史，但自己必须写自己的历史，通过写历史把一生的作为，作一个客观公正的评价，以便给子孙后代有个交代。

　　我撰写的《异彩人生》一书，用纪实性的笔法，真实地表述了我童年、青年、中年和老年时期，风风雨雨的成长过程，曲折坎坷的人生经历和颇有作为的事业成就。

　　全书共归纳了二十章一百四十一个小节。
　　书中一至三章写的是我童年时期的社会背景、贫困家境和青年时期的坎坷经历。

异彩人生

　　四至八章是本书的重点，所占的篇幅也比较多，主要讲述人到中年各方面逐步成熟，工作有所作为，事业有所成就，荣誉和待遇也会相应而至。

　　九、十两章讲述的是人们要想了解世界认识世界，就得走出国门走向世界。只有走出去才能看到天外天，才能知道世界有多大？国家与国家之间区别在哪里？差距在何处？

　　十一至十八章写的是做人、处世、参政、议政、忧国、忧民的一些个人观点和看法。

　　现把本书推荐给读者，特别是成长在农村的年轻人，希望能从中得到一点启示和借鉴。

　　本书书名承蒙中国当代著名书画家、中国诗书画研究会副会长、山西文联党组书记、常务副主席李太阳先生题写。

作者

2006 年春于太原

目　录

异彩人生

第一章　不幸童年

　　战乱、灾荒和不幸，是我人生中的三大灾难，它使我的童年生活未能享受到人间的幸福和欢乐。但是，它却激发了我的革命意志和奋斗精神，成为我好学上进，立志改变生存环境和社会地位的动力。

家业兴衰

　　1937 年，无论是在我国的历史上，还是在我个人的生涯中，都是一个不寻常的年份。这一年的8月7日（民国二十六年农历七月初二），我出生在山西省高平县秦庄乡东山村的一个八代祖传工匠世家的家庭。

　　根据历史资料记载，在我出生的前一个月，侵华日军借口一名士兵失踪，要求进宛平城搜查，遭当地中国驻军拒绝后双方发生炮战，史称"七七卢沟桥事变"。7月28日和30日，北平、天津相继陷落。在我出生后的第六天，即8月13日，侵华日军进攻上海，上海军民英勇迎战，全国进入抗日战争，史称"八一三事变"。8月14日，国民党政府宣布了自卫声明，从此中日战争全面爆发，这一战就战了八年。残酷无情的战乱，给国家、民族、人民带来了深重灾难。

　　小时候听父亲说，在我出生之前，祖业比较兴旺。那时候的家业以工为主，主要营造石雕、石刻，同时也承揽一些开路、建桥、古建筑的修缮和彩绘工程。那时候家里开办着石料厂，有徒工、雇工，还有三套马车专门用于送货上门。由于生意兴隆，生活富裕，在当地十里八乡很有名气。

在我记事的时候，由于战乱、灾荒和不幸，家业已经衰落，生活每况愈下。原来是以工为主，后来就过上了亦工亦农的生活。我记得父亲农忙时在家种地，农闲时外出打工，全家人就靠父亲一个人的辛勤劳动来养家糊口。

母亲在我六岁的时候，一次野外劳动时，因山洪暴发落水身亡，年仅三十八岁。母亲去世后，家庭处境雪上加霜，生活过得苦不堪言，我们兄弟三个都是继母和姐姐们带大的。

第二故乡

1941年，当时全家共有八口人，即父亲、母亲、三个姐姐、哥哥、弟弟和我。这么多人口仅靠六七亩贫瘠的山坡地，难以维持生活。为了寻求生活出路，父亲只好带着全家背井离乡迁居到太岳山区的岳阳县（即后来的安泽县，现在的古县）石壁乡贾村安家落户，从此当了大地主张庆兰家的佃农。

第二故乡贾村，是父亲在外出打工时早已物色好的一块风水宝地。那时候村里的环境条件优越，自然生态优美，耕地面积充足。村子不大只有50多户人家，300多口人，其中70%的住户都是王氏家族。我们称他们是本地人，他们称我们是外乡人。

村子坐落在半山坡上，村中间有个小土丘把村子分隔成两部分，我家住在村西。坡下边有一条小河，一年四季清水长流，鱼鳖虾蟹虽然不多但样样都有。我记得每年夏天的中午我们这些男孩儿，常结伴下河游泳戏水、摸鱼捉鳖，每次都玩得很开心。

村东有一座老爷庙。老爷庙下边是一个50多米长的丁字形人工砌的隧道，这个隧道既是出入村子的唯一通道，也是村里的东大门。村西有一座娘娘庙，庙的北侧有个漂亮的阁楼。阁楼就是村子的西大门。村南有一座龙王庙，庙的下边有一股清澈的山泉，流入庙旁的一个人工小湖里，湖中有水草和鱼虾，人们用小湖的水灌溉着几个果树园和蔬菜园。村北有一座福王庙，庙是窑洞式的，里边塑有好多神像。村子中间有一座东王庙，按照当地村民的习俗，村里死了人晚上都要到庙里送灯告土。

村子的南山坡上有一座古庙遗址，但村里人对古庙的详细情况都说不清楚。有一次哥哥领着我们几个男孩子，去南山坡上刨柴火，意外的刨出一个大瓦罐，瓦罐里装的是精制彩绘细瓷餐具、酒具和茶具。拿回家后父亲看了很感兴趣，他又去挖掘了一次，结果又挖出一个瓦罐，里边除装有餐具外还有一块写字用的雨花石镇尺、几个大海螺和一个沏茶用的紫砂壶。紫砂壶盖儿上卧着一只小狮子，姿态栩栩如生，壶内沏上茶后，小狮子嘴里往外吐热气，设计巧妙，工艺考究。

村东的对面有一座禁山，由于多年来禁止人们放牧和砍伐，植被覆盖特别好，山上长满了青松翠柏，树林里栖息着很多山雀和野鸡。另外村里村外还有十多个果树园。这五庙十园和几十棵古老的大槐树，把整个村子点缀得很有特色。春天花香，招来无数蜜蜂和蝴蝶；秋天果香，招来成群结队的水果商。村里有300多亩水浇地旱涝保收，我的童年生活就是在这块沃土上度过的。

1942年，侵华日军侵占了我们村南的一个小山头，在修工事、建炮楼、盖营房时，把村里的四座古庙全拆光了。1948年解放临汾时，村里住满了解放军，因当地缺乏生活用煤，再加上连阴雨下个不停，为保证驻军做饭用柴，把好多古老的大树都给砍伐了。最可惜的是，我家院旁有一棵长了百年以上的特大酸枣树，树干挺拔粗大，一个人抱不住，树有三层楼房高。按说酸枣树本来属于灌木类，可是能长成参天大树，这也是实属罕见，如果这棵酸枣树现在还在，准能申报上世界吉尼斯纪录。

经过抗日战争，解放战争，我们村里优越的环境条件和优美的自然生态却永远不复存在。

重见光明

在我七岁的时候，因出麻疹高烧受风，得了个眼睛红肿病，一病就是一年多。得了这种眼病，一是怕风，风一吹就流泪不止。二是怕光，在阳光下睁不开眼睛，每天过着暗无天日的生活。白天家里人都下地劳动去了，我只好闭着眼睛，手托着下巴，坐在门墩儿上苦苦煎熬。晚上在油灯的微光下，用热水洗开眼缝，才能勉强睁开眼睛看看周围的世界。新中国成立前由于农村缺医少药，再加上家里贫穷没钱，看眼病的事想都不敢想。我以为这一辈子也就只能这么瞎活了。

俗话说，"天无绝人之路"。正当家里人为我的眼病犯愁时，村里来了个阿凡提模样的老中医，看上去年龄有七十来岁。他身体瘦高，头上扎着个毛巾圈儿，黑白相间的络腮胡子垂吊在胸前，脖子上挂着根旱烟袋，腰里吊着个银针包，骑着个小毛驴两脚刚能离地，他走村串户，专治各种疑难杂症。

机不可失，我三姐得知情况后，赶忙领着我去咨询了一下老中医，问这孩子的眼病能不能治好？治好得花多少钱？老中医看了看说：可以治好，但需要两斗小麦。

回家后三姐和父母商量，父亲不主张治疗，一是没有钱，二是怕把眼睛彻底治瞎。继母和三姐一直坚持还是试一试为好。因为当时正是麦收季节，为了给我治眼病，继母和三姐硬是顶着炎炎烈日，从人家收割完的麦田里捡麦穗捡了两斗小麦。

看病的那天，老中医在我的两个眼角里，各扎了一根三寸多长的银针。大约半小时后起了针，起针后老中医给了两包药，一包是朱砂，另一包是黄连粉，让回去用白酒调成稀糊状点在眼里，并自信地说药点完眼病就好了。

果然，半个月后药点完了，我的眼病也奇迹般地好了。从此我又重见了光明，过上了正常人的生活。

狼口脱险

我的第二故乡什么条件都好，就是不产煤。我记得村上有钱的人家烧煤，得靠马帮驮笼到几十公里外的煤窑上去买煤，往返需要两天时间，走时还得起个早，带上草料和干粮。我们这些没钱的人家，煮饭取暖主要靠烧各种庄稼的秸秆儿。如果还不够烧，人们就利用冬闲时间上山刨些荆棘和灌木来补充，所以我们从小就养成一种拾柴火的习惯。

其实我们村并不是地下没有煤，据我后来对地层煤线的分析探测，煤肯定是有的。只不过是厚层煤没有人钻探，暴露在地表的浅层煤只有一尺多厚，没有开采价值。但是就这些浅层煤如果能挖出来，也能满足村民们的生活需求，可是村里边没有人下这功夫。

晋南地区盛产小麦，每年一过五月端午就开镰收割。我记得在我九岁的时候，有一天下午我和弟弟、堂妹，还有几个比我小的孩子，一块儿在村边一块刚耕过的麦田里捡麦茬子。正当大家你争我抢捡得起劲儿的时候，我突然看见地塄下边的路上跑过来一只类似日本人养的狼狗，我就喊了声快来看，下边有只狼狗！这一喊惊动了那只狼狗，它停下步子抬头看了看我们，便产生了恶意。它一跃跳上地埂拖着尾巴，竖着耳朵，张牙舞爪地向我一步一步逼近。这时候我一边高喊来人哪！大狼狗要咬人啦！一边用右手拿着怀抱的麦茬子，不停地敲击着狼狗的头部，使它抬不起头，睁不开眼。我的叫喊声惊动了正在打麦场上干活的叔叔大爷们。他们一看我正和一只恶狼在搏斗，顺手操起木叉一边向我们跑来增援，一边高喊着打狼啰！打狼啰！这时候我才知道我面对的不是一只狼狗，而是一只吃人的恶狼。恶狼见势不妙扭头就跑，我们看着它蹚过小河，穿过农田，消失在村南远处的深山沟里。

狼被赶走了，我们几个孩子脱险了，叔叔大爷们说快收拾上柴火回家吧。这时候我却被吓得连一句谢谢叔叔大爷的话也不会说了，直到现在想起那件事来，我还心有余悸。

穷则思变

小时候从我记事时家里就很穷，几乎过着半年糠菜半年粮的生活。该上学了，由于交不起学费，买不起课本，我只好用几个鸡蛋，换上几张麻纸订上个小本子，借上邻居家孩子的书，抄写一课，自学一课。由于求学心切，有时我只能抽时间趴在教室外的窗台上偷听老师讲课。

新中国成立后，家里生活条件有所好转，我和弟弟才开始上学。后因家里农活太多急需劳动力，结果小学没有读完就辍学了。农忙时下地干活，农闲时跟着父亲外出打工。那时候打工干的活主要是开山炸石修公路，每天都和钢钎、石头打交道。十冬腊月，冰天雪地，手冻肿了，肉震裂了，烤熟个山药蛋用锤子捣成黏糊糊，抹在布条上，贴在伤口上继续坚持干活。真是为了赚钱有苦难言。1952

年冬天，我和父亲正在外地打工，听说乡里成立完小要招生，父亲让我和弟弟都去报考。当时学校招收两个班，录取九十名学生，我和弟弟都考上了，我考的第九名，弟弟考的第十二名。为了节省学费开支，减轻家庭负担，我和弟弟同坐一个课桌，共用一套课本，伙盖一床被子。有钱人家的孩子星期天回家，好吃、好喝、好玩儿一天，返校时还带许多小吃和零花钱。我和弟弟回家后紧张的下地劳动一天，啃上几个窝窝头，拖着疲惫的身体空手返校。

在完小学习期间，学校的校长和我们的班主任，就像父母一样的柔情，无微不至的关心着我和弟弟的学习和生活，使我至今记忆犹新，终生难忘。

1954 年我和弟弟完小毕业后，弟弟被安泽县蒲剧团录用了，我考上了初中。在攻读初中时，除每月八块钱的生活费由哥哥负担外，其余学杂费全靠自己勤工俭学来解决。为了赚点儿学杂费，星期天不休息，从两公里以外的砖瓦窑给学校建筑工地抬砖瓦，一天要抬好几趟。肩压肿了，在肩膀上垫上块毛巾，忍受着疼痛继续坚持干活。

人常说"穷则思变"，这一点我深有体会。由于小时候穷日子把人过怕了，长大后总想着努力学习，好好工作，多多挣钱，彻底改变一下家庭的经济条件和生活状况。在这一愿望的驱动下，初中三年不仅较好地完成了学业，毕业前还光荣地加入了共产主义青年团。

第二章 踏上征途

从家门走向校门，从校门走向社会，这是一些有志青年成长的必经之路。我踏上人生征途后，一路顺畅步步向上，仅用了不到一年时间，就一步一个台阶的从乡镇、县城、行署，直到人们所向往的首都北京。

走出低谷

1957年，初中毕业升学落榜后，我回到了家乡。心想，再上学已经是不可能了，看来这辈子也就是个面对黄土背朝天的命运了。回乡后，我只参加了三个月的农业劳动，我们完小校长得知我没有升了学，就聘用我到石壁完小当了三个月的代理教员。

时间刚跨入1958年，情况就发生了转折性变化，乡政府正式录用我担任了交通员。交通员虽然是个不起眼儿的工作，但它毕竟是我走出家门，走向社会，踏上人生征途迈出的第一步。

乡政府当时只有四个人，书记杨泽栋，乡长苗培润，秘书王建平，再加上我这个交通员。当交通员是个苦差事，每月得步行往返20多公里山路，去故县镇粮站靠肩挑买一次粮食；步行往返80多公里山路，去县城领一次工资。因为我是刚参加工作，工资每月只有18元，每天得跟着书记、乡长跑前跑后，端饭、沏茶、扫地、叠被子、打洗脸水和洗脚水，一不周到还得受批评。

有一次书记从县里开会回来已经是晚上9点多钟了，我给他打好洗脸水，问他吃点啥，他说你到供销社买一斤鸡蛋。我说了句供销社已经下班锁门了，他就大发脾气：你就不会叫开门！那时候的乡下还没有通电，出去后黑灯瞎火的把脚也崴了。我忍着剧痛，含着委屈的眼泪，一拐一拐地把鸡蛋买了回来，给书记煮好送到面前，还不敢说把脚崴了。

那时候的通信手段非常落后，乡政府只有一部直通县城的手摇磁石电话，信息传递主要靠人去跑。有时县里要召开县、乡、社三级会议，会议通知必须连夜送到各个公社。那时我才二十岁，山区吃人的狼又多，夜间出行翻山越岭确实有点害怕。为了完成任务，我每次夜间出行时都要带个笛子，一边走一边吹，自己给自己壮胆子。由于工作关系，我到乡政府虽然时间不长，但很快就踏遍了家乡的山山水水和村村寨寨。

深山探宝

1958年6月下旬，有一天杨书记找我谈话。他说："县委组织部来了调令，让你三日之内到县工业局报到，工作另有安排。"第二天我把工作简单地向秘书移交了一下，回家告别了父母，背上铺盖卷儿，便踏上了去县城的路。到了县工业局报到后，王局长告诉我："县里即将开展大炼钢铁，炼钢找矿急需地质人才，组织上决定派你和毕光耕同志（我的完小同学），去晋南行署地质局214地质队学习地质普查，明天就走，差旅费和介绍信都给你们准备好了。"

214地质队的队部，在中条山南麓的垣曲县皋落镇，我们去了在队部只待了三天，就编好了队。领队的是赵集熙师傅，另外还有一名技术员，一名生活管理员，加上我和我的同学一共五个人。我们出发时每人都背着自己的行李，带着一套书、一个水壶、一个挎包、一个地质锤和一个放大镜。普查的第一站是曲沃县和翼城县交界处的塔儿山，驻地我们选在曲沃县的杨谈村，主要普查当地的铁矿分布情况。

之后我们又相继普查了洪洞县的东西山和安泽县的霍山。在洪洞县西山曹家沟一带我们发现了品位较高，储量较大，质白如雪的石膏矿。在东山的广胜寺脚下，发现了品位较高，具有开采价值的铝土矿。在安泽县霍山南麓原始森林中，发现了花岗岩、孔雀石和铜矿。

由于当时全国都在大炼钢铁，我们普查队每到一处都受到当地炼钢指挥部的热烈欢迎和盛情款待。在普查过程中，我们每次出发时都唱着《勘探队员之歌》。在普查队时，我们晚上看书学习，白天跟着老师傅一边学习，一边实习也挺有意思。

其实在野外队搞地质普查工作，也是个苦差事，每天跋山涉水、翻山越岭，顶风冒雨，风餐露宿，走的是人不走的路，去的是人不去的地方。

有一次我们在野外遇到倾盆大雨，师傅们都配备有雨衣和高筒胶鞋，人家安然无事。我和我的同学什么劳保用品都没有，结果被大雨淋成了落汤鸡。

还有一次我们在霍山南麓原始森林里搞普查，因迷失了方向无法从深山里走出来，天黑后好不容易找到一户人家，晚上只吃了几个煮土豆，在老乡家的地下铺了一些柴草，穿着衣服将就着睡了一夜，第二天一早才找到返回驻地的路。

首都上学

1958年10月底，野外普查队收队后，人员都集中在临汾213地质队搞集中培训。也不知道什么时候我的人事关系已从县工业局转到晋南行署地质局了。有一天下午，局人事科刘科长找我和一位姓贾的年轻人谈话。刘科长说：根据工作需要，局里决定选几个年轻人去支援边疆建设，但不能带家属。先问姓贾的你有什么困难没有？姓贾的听了思想有点紧张没敢表态，科长让他回去考虑一下。姓贾的走后刘科长接着问我，小李子你有什么困难没有？我说我是单人独马，四海为家，穷人最听党的话，党叫干啥就干啥。也可能是我的回答符合组织上的要求，刘科长听了后说那好，我给你讲明了吧，组织上决定保送你去北京地质部干部学校（即后来的地质部干部学院）学习机报专业，时间大约一年半。工资待遇问题等学习回来，根据你的学习成绩和工作能力再确定，那你回去准备一下吧。谈话后我请了三天假回家和父母亲打了个招呼，就坐火车去北京上学了。在离开临汾前往北京的火车上我一直在想，一个穷小子，参加工作还不到一年时间，一下子就从穷山沟里去了首都北京，这真是做梦都不敢想的事。当时心里只有一个念头，那就是去了北京一定要好好学习，拿个好成绩，决不能辜负组织上的重托和期望。

地质部干部学校，在北京市东郊区通县官庄，环境条件很好，住的是高层楼房，吃的是大米白面。当时学校只招收了五个专业班，即一个俄语班，两个企业管理班和两个机报班，学员全是在职职工。我们机报班主要学习三门课程，即机务课、报务课和机要课。机务课主要学习无线电学和电台的使用维护；报务课主要学习无线电收发报和机上通报；机要课主要学习明码译电和密码译电。因为机要课涉及国家机密问题，学校对学员的政治审查非常严格，凡是不符合政审条件的学员，在机要课开讲之前，都退回原单位去了。

由于时间较短、课程较多、难度较大，我们的学习非常紧张，同学们即便是在业余时间或是在食堂排队买饭，嘴里也在嘀、嘀、哒、哒的背念着电码符号。

当时学校的校长是江石之，教务副校长是印通，他们都非常关心学员们的生活。当了解到部分学员工资只有18元时，他们马上就向地质部反映，地质部很快就给各省、市地质厅发出急电，要求各省、市地质厅把在京学员的工资由18元，增加到23元。同时学校还拿出一些钱对特困学员给予救济和补贴。我记得当时因为我的被褥比较单薄，学校领导发给我一条毯子，使我很受感动。

在北京我们虽然只学习了一年多时间，但所学到的三门专业课程为我后来的工作学习打下了良好基础，铺平了道路。

难忘时刻

我国的国庆节五年一小庆，十年一大庆。我在北京学习期间，正赶上建国十年大庆。我们学校也接受了参加游行的任务。为了确保游行队伍的队列整齐不出问题，我们提前一个多月就开始列队操练了。每天下午4—6点在操场上操练两个小时，一天是操练队形，隔一天是学习跳交际舞，准备参加国庆节晚上天安门广场的联欢晚会。我记得，我们班推荐我和另外几个同学，每周的二、四、六晚上先到通县俱乐部学习跳舞，学会了回来再教大伙跳。

国庆节的前一天下午，我们乘车来到北京西单缸瓦市地质部招待所。吃过晚饭我们都集合到大礼堂开会，传达参加游行的注意事项，领导要求参加游行的人员，凌晨3点钟开饭，4点钟乘车，5点钟以前在东长安街指定地点集结。由于游行队伍要接受伟大领袖毛主席的检阅，我们的心情都非常激动，兴奋得一晚上也没有睡好觉。第二天凌晨吃过早饭上车时，每人发一袋食品作为午餐，食品袋里装有面包、香肠、水果和饮料。

我们在集结地点整整等了四个多小时，上午10点整，喇叭里传来了庆祝大会正式开始，鸣礼炮二十一响，接着是全体起立奏国歌。中央领导讲完话后，阅兵式开始。阅兵仪式结束后，紧接着是群众游行，游行队伍从东长安街由东向西缓缓通过天安门前。我们游行到天安门前时已经是12点多了，当时我们紧跟在地质部大型彩车后边，一边向前走，一边高呼"毛主席万岁！中华人民共和国万岁！"的口号，但是眼睛却集中注视着天安门城楼上。我们看到毛主席、周总理、朱德、刘少奇等党和国家领导人频频向游行队伍招手致意。同时我们也看到了一些国家的元首，如苏联的赫鲁晓夫、朝鲜的金日成主席、越南的胡志明主席等。

游行结束后，我们回到招待所已经是下午两点多钟了。坐车回到学校后，我们最大的感觉是太累了，最大的感受是心情激动、无比自豪、终生难忘，因为我们亲眼看到了伟大领袖毛主席。那时候的毛主席，身材魁梧，神采奕奕，身体非常非常健康。

结业分配

1959年下半年，由于我国农业歉收，三年困难时期略有露头，但从市场供应上还看不出来，这可能是内紧外松的原因吧。但学校已做好渡荒的准备，我记得我们利用每次上体育课的时间，参加义务劳动，在校园的空地上种植各种秋菜，并开始挖鱼池养鱼准备生产自救。

由于形势发生变化，根据地质部的通知精神，学校教学计划准备压缩，五个专业班的学员，都将提前三个月结业。我们机报班是最后离开学校的，离校时校园里因缺少了往日的生机和活力，已经变得有些凄凉了。

1960年1月，我们提前结业离开学校回到晋南行署地质局。回局后我被分配到下属单位201工区。201工区地处翼城县和浮山县交界处的二峰山上，工区的主要任务是探明地下铁矿的储量。

钻探工区是地质部门最基层的单位，各方面的条件都很差，办公和住的房子都是简易工棚，钻井平台都在帐篷里边。一月份的气候正是严冬，山上的西北风很大，工人们劳动时都戴着皮帽子，穿着皮大衣和皮靴子，沾上水的棉手套常和钻杆冻结在一起，可见工人们的工作条件是多么艰苦。

我到工区时，工区已设电台，联络对象是213地质队队部。报务员武丰奎是个复转军人，他只能收发明码电报，我去后才设立了机要组，增加了密码电报的传递。

我在工区只待了一个多月，有一天我从机上收到一份字数不多的密码电报，在译电中出乎预料地译出了我的名字，译完一看才知道，省厅调我回省台工作。我把译好的密电登记好后，送给赵德松支部书记。赵书记看了电报后对我说："看来对你已经是无密可保了，既然是上级调你，这是件好事，你还很年轻我们不能影响你的前途，请把工作交代一下走吧，祝你一切顺利。"

第三章 坎坷历程

人在一生中，不可能事事都是一帆风顺，在征途中难免会遇到一些风风雨雨、坎坎坷坷、甚至是遭遇和磨难。但是只要认清形势，坚定信心、把握机遇、努力奋斗，最后总会克服困难、渡过难关的。

调回省厅

1960年2月28日，我带着晋南行署地质局人事科的介绍信和户口粮食关系，来到山西省地质厅人事处报到。人事处的小董同志把我带到四楼机要科向曹清海科长作了介绍和交代，我就正式上班了。当时机要科编制五个人，除科长外，还有台长张德华（我的干校同学），报务员李丽君（科长的夫人），译电员王克敬和我。

机要科占了两个房间一南一北，南边是电台机房，北边是科长和译电员的办公室。因我和译电员都是单身职工，正好我住在电台机房，译电员住在办公室。网络联系一天两次，联络对象是212~218地质队共七个下属台。这就是我调回省厅工作和生活的安排。

调回省厅的第二年，困难时期就开始了。粮食定量减到每人每月28斤，食油每人每月只有三两，一切副食和生活必需品都凭证供应，连红薯和红薯干儿都要折算成粮食凭证供应。为了生产自救，单位组织职工轮流到祁县农业基地开荒整地种菜种粮。

那时候由于吃不饱肚子，我的身体有些消瘦，腿也有些轻度浮肿。我还记得机关食堂每天给补贴一个小葵花饼。父亲得知城里人吃不饱，怕我生活受制，特意从家里想办法筹集了三十多斤粮票，路过洪洞县又到他干儿子家拿了十多斤红薯，专程来太原看我。父亲在我这儿只住了三天，不放心地走了。这时我才深刻体会到"儿行千里母担忧"、"可怜天下父母心"的真实含意。

成家立业

我调回省厅时已经二十四岁了，和妻子结婚之前，我的办公室和她们的女职工宿舍只有一墙之隔。那时候她在地质研究所搞化验工作，上班都在一个大院，吃饭都在一个食堂，每天都能见好多次面。后经朋友介绍，我们之间便萌发了爱情，虽然相处时间不短，但都没有结婚的思想准备。

由于我国连续三年遭受自然灾害，再加上中国和苏联的关系恶化，苏联当局乘人之危，单方面撕毁合同，撤走援建专家，拿走项目图纸，并逼着我国提前还债。当时国家处于非常困难时期，为了渡过难关，中央在不得已的情况下，采取了全国性精简机构、压缩人员的措施，以减轻国家的经济压力和财政负担。

根据中央精简压缩政策规定，双职工暂不做返乡动员。在这种形势下，厅领导和同志们都希望我俩能早点结婚，以避开被精简压缩的风险。

1961年9月，在单位领导的大力支持下，在同志们的热情帮助下，机关行政处也临时给解决了一间住房，让我俩尽快结婚。9月9日我们举办了婚礼，由于时间紧迫，连我父母亲都没有来得及告诉。那时候由于形势逼人，时间仓促，条件所限，婚礼办得非常简单，既没有做新衣服，也没有做新被褥，只把两个人的旧铺盖和生活用具搬在一块儿，就算布置好了新房。迎亲坐的是三轮车，婚礼上只散发了很少的一点儿批供的烟和糖。中午的婚宴，只花了60块钱（正好是两个人一个月的工资），请岳父母和亲友们在晋阳饭店吃了一桌饭，连喜酒都没有喝上，这就算结婚成家了。当时的情景确实有点寒酸，这和现在年轻人的结婚相比，可以说是白捡了个媳妇。

命运抉择

1962 年，精简压缩工作继续大刀阔斧地进行着，由于完不成精简任务，单位采取了拆庙请神的办法。机要科被撤销了，我们科长调到山西毛织厂，科长夫人调到人民银行，老台长调到新疆，译电员调回运城，我和妻子都是1958年以后参加工作的，成为这次精简压缩的重点对象。

俗话说：躲得了初一，躲不过十五。1961年没有被精简，是沾了双职工的光，这一次"1958年以后参加工作"是个硬杠杠，在册者难逃。

被精简下来的人员，一开始都集中在阳曲县东郭秋村让我们开荒种地，后又通知我调湖北孝感野外地质队，但不准带家属。因为当时妻子已有五个月的身孕，我调走了她连个归宿的地方都没有，最后俩人商量，与其两地分居，倒不如一块儿返乡。主意拿定后，我们找单位很快就办理了返乡手续。

天有不测风云，人有旦夕祸福，原来是一帆风顺，一步一个台阶地从乡镇—县城—行署直到省城，现在却突然来了个急转直下，一落千丈。工作没有了，城市户口已经变成了迁移证，回家的火车票也买好了。就在这决定前途命运的关键时刻，我忽然想起一件事，在走之前应该去省委办公厅机要秘书处张荣庭处长家向老处长打个招呼，告个别。

也可能是命运注定不该回家当农民，就在这告别的一刹那，情况发生了想不到的转机和惊喜。到了张处长家，还没有等我说话，张处长就问我：工作调动的事办得怎样了？我说返乡手续已经办妥了，明天就回老家，今天是来向处长告个别。张处长听完我的话后没有说话，马上拨通地质厅人事处武处长的电话责问：你们是怎么搞的？李西亭和于忠悦（我的新任台长）同志的工作不是已经说好调山西省邮电管理局么，怎么把人放走了？武处长听了觉得事情不妙，连声说，我们马上通知本人办理调动手续。打完电话，张处长告诉我，你回去上班去吧，国务院有明文规定，机要干部不属于精简压缩对象。当时我含着激动的眼泪说了声，多谢处长的关照。

重新落户

工作调动手续很快就办妥了，人已经上班很长时间了，但户口和粮食关系还在口袋里装着，吃饭成了主要问题。单位给开上介绍信到太原市公安局去上户口，公安局说：省委有通知，凡是精简返乡迁出的户口，没有山西省委精简领导小组组长史纪言秘书长的签字，一律不准重新上户。

没有办法，我只好拿上迁移证再去找省委机要秘书处张处长。见到张处长后我把情况说了一下，张处长说那好办，你给我迁移证，又告诉陈媛惠科长你给我把国务院的加急密电拿来，我去找史秘书长去。不一会儿张处长拿着签好字的迁移证回来了，告诉我好啦，拿去上户口吧，我说谢谢处长的帮忙。

我拿上省委领导签了字的迁移证，又去了太原市公安局，公安局看了迁移证背面批的"准予上户 史纪言"七个大字后，很顺利地就把户口上了。

因为妻子不是机要人员，户口上不了，只好改迁到寿阳县我岳父家。三年后还是在省委机要秘书处张处长的指导帮助下，通过信访渠道，经过落实政策，才把妻子和女儿的户口从寿阳农村迁回太原。在重新上户口时，正好妻子又生了个儿子，连上户口带报出生一块就都办了。

1966年2月份办好妻子和孩子们的户口。到了5月，由毛主席亲自发动直接领导的史无前例的"文化大革命"就开始了，这一乱就是十多年，要不是机会赶得好，恐怕妻子和孩子们的户口很难迁回太原。

渡过难关

我妻子是1962年10月1日生的大女儿，产后不久因患乳腺炎住院做了手术，女儿也因脖子上长了个大脓包，做了门诊手术。这真是福无双至，祸不单行呀！

妻子的乳腺炎手术，打了孩子的饭碗儿，当时订牛奶因母女没有城市户口订不上，单位虽然有个畜牧场，但是牛奶有时有，有时没有靠不上，真叫人发愁。后来孩子的大姨父从铁路宿舍求人转让给一斤牛奶，虽然不够吃但也解决了大问题。

我三姐得知我女儿生下后没有奶吃，特意从老家赶来把孩子接回去，替我们免费奶了一年多，孩子接回来时已经会走路，会说话了。

那时候妻子没有户口没有工作，我的工资只有32元。三口人32块钱，吃着一个人的供应，生活别提有多困难了。每个月都是头一天发工资扣了借款，第二天就向工会互助会借钱。一个人的供应粮还得分两次买。当时比较好的条件是，职工的家属子女可以享受半费医疗。

为了生活，妻子不得不给人家纳鞋底、糊纸盒、看孩子、当钟点工。我也经常在下班后饿着肚子去火车站给车站卸煤，赚几个零花钱，还不敢让单位知道。

困难总是暂时的，也是可以克服的。后来随着城市户口的恢复，妻子又找了个临时工作，情况也就逐步好转了。

感恩不尽

提起省委办公厅机要秘书处的张荣庭处长，那真是我们家的救命恩人。他不仅在决定我前途命运的关键时刻，帮我重新安排了工作，恢复了户口。同时他和他老伴儿，还想尽办法把我妻子和女儿的户口从农村迁回太原。可以说没有张处长老俩口的帮忙，就没有我们全家的今天。

"文化大革命"开始后，我和张处长也就失去了联系。十多年后，有一次我到运城出差，意外得知他在运城盐化局任党委书记。1983年，他调回省城任山西省纺织厅厅长，后来又任山西省人大常务委员会委员，分管环保工作。

张荣庭处长是河北省滦南县人，1943年参加革命工作，1944年加入中国共产党，在"文化大革命"之前，一直搞党的机要工作。他态度和蔼，平易近人，对工作认真负责，对同志满腔热情，他虽然身居高位，但没有高官的架子和派头，在我的心目中他永远是一位受人尊敬的人民公仆。

为了不忘张处长老俩口的大恩大德，从1983年他调回省城任山西省纺织厅厅长那年起，我每年的正月初四，都要登门给他们老俩口拜年问好，以表达我们全家人对他们老俩口的感激之情。

后来随着通信条件的改善，家里都装了电话。在老处长的提议下，从1996年起，我们就把正月初四登门拜年，改为正月初一电话拜年，直到2005年我们还一直保持着联系。

2006年春节，我照旧打电话给老处长拜年，可是拨通好几次电话都没有人接，这时我预感可能出事了。正月初二打通电话才得知，他老人家于1月27日（即农历腊月二十八日）因病医治无效不幸逝世，享年八十岁。

我得知情况后，初二下午赶到他家，想再看老人家一眼，可是儿女们告诉我，老人生前留有遗嘱，死后丧事一切从简，不让搞任何悼念活动。结果是既没有出讣告设灵堂举行遗体告别仪式，也没有收花圈和礼金，只是在2月11日《山西日报》第三版不显眼的地方，刊登了一则病逝的消息，就算是公开告别了人间。老人家真称得上是清正廉洁的好榜样，共产党的好党员，国家的好干部，人民的好公仆。

第四章　立足邮电

邮电通信是党和国家的要害部门，也是一个技术密集型行业。无线电通信，专业性强、科技含量大、发展前景广阔。只要掌握了这门专业技术，再加上责任感和事业心，就能最大限度地发挥个人的智慧和才能，就能在工作中有所作为，事业上有所成就。

空中警察

我是1962年7月，从山西省地质厅调到山西省邮电管理局的，调到管理局后，我被分配到电信检查处，搞无线电空中监测工作。

电信检查处是国家授权负责全省（军队除外）无线电台的设置使用和监督管理。具体工作是，核发电台执照、指配呼号频率、监督安全保密、处理违规违纪。

无线电监测台，也叫无线电纠察台，负责对已设电台实行空中监测和现场检查。具体工作是用收信设备和测试仪器，跟踪监视无线电台在工作过程中有无违反通规通纪，是否泄露国家机密。现场检查主要查电台设置是否规范，规章制度是否健全。所以无线电报务员都把我们称之为"空中警察"。

我记得我们在跟踪监测过程中，曾多次监测到地质部门的电台在通信中有严重违反通规通纪、泄露国家机密的情况，最后受到吊销执照，停台整顿的处分。

搞无线电监测工作，必须精通报务专业，熟练掌握收发报技术，也就是说要学会用手说话，不但会说汉语，而且还得会说英语。机上工作完全用的是国际上通用的莫尔斯符号和通报用语。

我国有一部电影，片名叫《永不消逝的电波》，如果你看过这部电影，那你就知道无线电工作的全过程了。这项工作我一直搞了九年。

1970年4月24日，我国成功发射了第一颗人造地球卫星——东方红号。当时我们在监测台利用远程短波接收机，在19.999兆赫频率上，接收到了卫星上播放的《东方红》乐曲，并将其录制下来，作为历史资料珍藏起来。

下放基层

由于邮电通信属于国家要害部门，在"文化大革命"运动中，一直实行着军事管制。1970年4月11日，山西省无线电监测台撤销后，我被下放到山西省长途通信总站电报连战备台搞报务工作。后因工作需要，又抽调到总站技术革新小组，参加"晶体管报话机"的研制工作。

技术革新小组由四个人组成，有两名技术员，一名机务员，一名机报员。军管会领导要求我们用最短的时间，最快的速度，先研制出一套样机来。

接受技术革新任务后，我们制定了工作方案，进行了明确分工。两个技术员负责主机的设计和制作，机务员负责手摇发电机的改造，我负责稳压电源和Ⅱ型机的设计制作。当时的情况是一无图纸，二无材料，三无经验，要完成研制任务问题不少，困难很多。

为了确保按时完成任务，我们四个人团结一致、同心协力、互相配合。没有图纸我们就自己查资料，翻书本，绘制设计草图。没有经验我们就边干、边学、边实验。经过一年多时间的研制，样机虽然搞出来了，但还存在一些关键性的技术问题。一是发射机发出的电磁波信号不符合技术要求，二是发电机不发电。针对这两个技术难题，我大胆设想，认真分析，提出自己的解决办法，即：采用闭合调制回路，解决信号散射问题。用人工励磁的办法，解决发电机不发电的问题。按照这个思路重新改进，反复实验，结果问题都解决了。

1971年9月13日"林彪事件"发生后，全国进入一级战备状态。为加强战备台值班，军管会又把我临时抽回战备台工作。为考核我们研制的"晶体管报话机"的通信效果，我利用夜间值班时间，先用大机器和北京沟通联络，再用小机器呼叫北京，北京听到小机器呼叫后，有点怀疑，就问我暗令。当我答对暗令后，北京台告诉我收听到的信号强度为3分（规定信号强度为5分制）。当时我高兴极了，连夜把实验情况向连长做了汇报，连长又把情况向军管会领导做了汇报。

由于技术革新成绩显著，1972年6月30日，在纪念中国共产党成立五十一周年大会上受到长途通信总站军管会的通令嘉奖。

战天斗地

1972年9月8日，完成技术革新任务后，我被调到无线科发信台搞机务工作。这正好和我所学的机务专业对口，这对我来说是一个实践锻炼的极好机会。

无线电发信台，位于市郊东山坡上，距市内五六公里，环境条件比较差，骑自行车上班一路上坡。有一段路因坡太陡不能骑，每次上班途经这儿只好推着自行车步行，遇到下雨天路面泥泞难行，只好扛着自行车往上爬。由于发信台多见机器少见人，工作单调，生活乏味，有些年轻人不安心在那儿工作。

我调到发信台，第一年先熟悉工作情况，适应生活环境，第二年领导让我担任了机房班长。我当班长后，带领着十几个年轻人，一方面加强机房管理，搞好设备维修，确保通信畅通。另一方面抓好职工生活，恢复职工食堂，开办职工小卖部，为全台职工和警卫部队提供生活上的方便。

发信台离山上的柏油马路只有50多米远，由于中间没有路，看着马路利用不上。我想如果我们用义务劳动的办法，从半山坡上开出一条路来和柏油马路连上那该多好。我把我的想法给大伙儿讲了后，多数人都不支持我的建议。

为了改变生存条件，改善生活环境，我毅然决定以身作则，率先垂范，用愚公移山的精神，利用每天晚饭后的业余时间，带上工具上山开路。身教胜于言教，行动胜于号召，三天之后，台领导和职工们也都自觉自愿地参加了义务修路劳动。经过二十多次义务劳动，我们终于从半山坡上开出一条新路。这件事感动了局领导，局领导责成局后勤科雇了一些民工帮我们把路加宽并铺了一层灰渣，无论风天雨天人车都能通行。这条路开通后，不仅彻底解决了职工上下班行路难的问题，同时也方便了警卫部队和当地村民。

我在发信台虽然只待了三年多时间，但我的技术水平却提高很快。小到150瓦，大到1600瓦的发射机，我都能熟练地调测、使用和维修。

重返省局

1973年11月24日，山西省长途通信总站军事管制解除，"支左"部队撤走。12月11日长途局和市话局合并，单位名称又恢复了"太原市电信局"。

在下放期间，我以为我这一辈子就当工人了，没有想到在基层只待了不到六年时间，因工作需要于1975年5月23日，就被调回省局电信处，分管了全省的无线通信技术维护管理工作。同时还兼管着人防、战备、安全保密和无线电管理。这项工作原来是由两个人分管，到了1980年6月份，处领导决定此项工作由我一个人分管。

在领导机关搞管理工作，不像在基层当工人那么单纯专一，它既要对上，又要对下，既要精通业务技术，又得吃透政策法规。对上主要是文件往来上传下达，参加部、省级领导机关召开的有关会议，接触领导层的机会较多。对下分管着山西国际电台和全省十一个地、市，96个县，一百多座无线电台的设置使用，四十多个无线网络的通信组织，一百三十多条无线电路的正常运行，五百多名无线人员的业务技术培训和近千部无线设备车辆的技术维护管理和更新、大修、改造。同时还得不定时的深入到各地、市、县检查指导工作、搞一些调查研究、参加一些专业性会议。

在我们处里边，别的专业都比较单一，管电报的只管电报，管长话的只管长话，管长机的只管长机，管线路的只管线路。唯独我的专业是什么都管，无线业务、技术维护、网络组织、工程项目、战备通信、抢险救灾、安全保密和无线电管理等。

另外在省局工作出差比较频繁，全国各地都去，平均每年出差不少于120天。由于工作繁忙，出差又多，家务负担全压在妻子身上，三个孩子几乎都是妻子带大的。如果说我的事业有成，这和妻子的全力支持是分不开的。

走入禁区

山西国际电台，是我分管的下属单位。我第一次去国际电台时，是1976年10月6日，去的任务主要是和邮电部郑州设计院刘沛隆高级工程师，一块儿研究天线馈筒技术改造方案。

提起山西国际电台，那还得从毛主席的"深挖洞，广积粮"战略方针说起。1960年中苏关系恶化，1963年蒋介石在美国的支持下，大肆叫嚣要反攻大陆。党和国家出于战略防御考虑，不得不耗巨资建设小三线和大三线战备工程。

山西国际电台，位于长治地区，始建于1965年。考虑到未来战争的破坏性和残酷性，主要机房都设在山洞里边，质量标准完全按防原子弹要求设计。出于保密要求，从开始施工到建成使用，都由武警部队守卫，工作区周围都用电网围着。工程建设期长达七年之久，耗资数千万元。1971年1月14日正式竣工投入使用，试开通部分国际无线移频电传电路，主要是对东德的柏林、波兰的华沙、叙利亚的大马士革、匈牙利的布达佩斯、罗马尼亚的布加勒斯特、保加利亚的索菲亚、南斯拉夫的贝尔格莱德和阿尔巴尼亚的地拉那等一些东欧国家地区。最近空间通信距离为6800公里，最远空间通信距离为7400公里。

山西国际电台由甲区、乙区和总台三部分组成，甲区为发信区，乙区为收信区，两区之间相隔16公里，总台设在乙区。我去时坐的是飞机，从太原到长治只飞了45分钟就到了，下飞机后总台的小车已经在机场等候。机场到总台有二十多公里，坐小车有二十多分钟就到了，因我是第一次去，总台领导很重视，接待也很热情。

处理完工程上的问题后，台长亲自陪我把台里的全部通信设施都看了一遍，每到一处都有武警部队守卫，真有点儿戒备森严的感觉。参观完国际电台后，使我大开眼界，同时也引起我对国际电台工作的高度重视。

遗憾的是这样大的一项战略工程项目，耗资数千万元，建了六七年，按照设计要求还有二十多条国际电路还没有来得及试开通，

异彩人生

1988年3月邮电部就正式下文通知省局"山西国际电台撤销"。在正式停开业务之前，国际电报业务3月20日零点，由北京国际电台接替。对外广播业务4月1日17点，由新疆国际电台接替。业务停开后，警卫部队撤走了，领导干部和业务技术人员分流了，设备全部报废了。邮电部的这一决策，是正确还是错误？让历史和后人来决断吧。不过这件事也不能全怪邮电部，我国建国以来邮电部门一直是政、企合一，吃的是大锅饭，背的是政策性亏损的包袱，国家又不给补贴。政、企分开后通信按企业管理，各项经济技术指标也按企业考核，企业就不得不考虑甩掉政策性亏损的包袱。

关照家乡

安泽县是我的第二故乡，安泽中学是我的母校。自从1957年初中毕业离开县城后，二十多年没有回去过，有时候还会思念家乡往事。

1977年8月，我和邮政处的杜战荣同志带着省局学大庆检查团一行17人，前往运城、临汾、晋东南地区检查工作。检查完运城和临汾后，在去晋东南的途中要路经安泽县，借此机会我想回去看看县城二十多年的发展变化和建设成就。为让安泽县邮电局领导有个思想准备，我在临汾先在电话上给县邮电局芦俊琳书记打了个招呼。

8月29日下午我提前一天回到县城，第二天上午接受邮电局领导的工作汇报。参加汇报会的有邮电局的书记、局长和各专业的班组长，县委工交政治部侯民生部长和县革委办公室崔俊峰主任也听取了汇报。

听了县局的工作汇报，看了看生产现场，给我总的感觉是，安泽县的邮电通信二十多年来，有发展但发展不快，有变化但变化不

028

大。从而增加了我的思想压力，引起我对家乡邮电通信建设的关注。当天下午检查团的人员乘车路经安泽，我随团离开安泽前往长治，当车行至良马乡时遇到大暴雨，汽车无法行进，只好在良马乡住了一夜第二天才到长治。

为了帮助家乡改变通信落后面貌，我回到省局后，多次找有关处室和相关部门，经过座谈协商，最终争取到两个工程项目。当年省局就给安泽县邮电局投资了十多万元，安排了县城到和川镇的通信线路大修工程项目，并给乡邮投递解决了四辆摩托车。钱虽然不多，但也算为家乡的邮电通信建设，办了一点力所能及的事吧。

国际清频

国际电信联盟是联合国的一个下属机构，成立于1865年，已有会员国150多个，下设13个研究机构，专门负责世界各国的电信通信管理，总部设在瑞士的日内瓦。1972年随着我国在联合国合法地位的恢复，我国也被国际电信联盟接纳为正式成员国。

国际电信联盟每20年召开一次世界行政大会，由于我国已成为国际电信联盟的正式成员国，1979年在瑞士日内瓦召开的世界行政大会，由邮电部副部长李临川为团长的中国代表团出席了这次会议。由于过去在无线电频率使用方面存在着发达国家先登先用、多登少用、登而不用的不合理现象，在这次行政大会上，第三世界国家一致要求国际电信联盟将现有无线电频率资源进行一次重新登记，重新分配，会议最后形成一个"九号决议"。决议要求各国无线电管理部门，将本国使用的无线电频率（军队除外），进行一次彻底清理和重新登记。

为了贯彻落实国际电信联盟世界行政大会的"九号决议"，邮电部于1980年4月8日至15日在北京召开了"全国清频工作会议"。会议采取以会代训的办法，按照国际电信联盟的安排部署和管理要求，对与会代表进行了一次清频工作业务技术培训。会议期间，邮电部阎晓峰副部长（曾任山西省邮电管理局局长）接见了全体与会代表，并合影留念。

清理频率工作，是一项量大、烦琐、细致的工作。会后我们经过一个多月时间的认真清查登记，我省邮电部门共清查了514条频率（其中包括台湾用的81条），其中登记A类的258条，登记B类的143条，注销的113条，从而圆满地完成了这一国际任务。

三去山化

山西省号称我国能源重化工基地，山西化肥厂又是我省20世纪80年代引进国外先进设备、先进技术和先进管理经验的大型化工企业。山西化肥厂（以下简称"山化"）是化工部立项的国家重点建设项目，建成投产后，用煤做原料日产合成氨100吨，硝铵1800吨，磷矿复合肥料3000吨。年产硝酸磷肥90万吨，水泥30万吨，厂址在我省长治市潞城县成家川。

1982年8月1日，"山化"和山西省邮电管理局就厂外通信配套工程，双方签订过合同。合同规定"山化"投资150万元，由邮电部门负责提供45条通信电路。其中1983年先提供30条，结果合同到期了电路未能按时提供。

为了维护企业信誉，确保"山化"工程进度不受影响，1983年2月19日，省局决定先用无线通信手段解决当务之急。我接受任务后，先办妥设台手续，然后发运设备，3月4日正式来到"山化"。

设备到位后，我用单边带电台开通"山化"到西流水源地一级泵站和"山化"到斜底二级泵站的无线话路。这两条话路头一天开通，第二天就派上了用场。3月18日"山化"到水源地的6千伏高压正式送电。3月19日，一级泵站开始给二级泵站送水。3月25日，二级泵站开始给"山化"厂区正式供水。当时"山化"工程指挥部总指挥是吴俊洲，供电、供水一次成功，全厂皆大欢喜。这就是我第一次去"山化"的任务。

第二次去"山化"是同年12月28日。我先到长治参加了两天省外办召开的"山化外事接待工作会议"。12月30日重返"山化"，组织"山化"到水源地电缆工程竣工验收工作。由于潞城县邮电局的施工技术力量薄弱，工程存在不少问题，好多测试数据不符合技术规范要求，直接影响到工程的竣工验收。

为了尽快解决施工中存在的问题，我从长治市邮电局调来技术骨干，从山西国际电台借来测试仪表。经过认真处理，反复测试，各项技术指标都达到了规范要求。1984年1月9日工程顺利地通过验收和移交。这项工作本应让分管线路专业的人来处理，领导考虑我对"山化"的情况比较熟悉，所以才让我来处理。

第三次去"山化"是1985年9月18日，这次去"山化"主要解决外国专家打国际长途电话难的问题。当时参加"山化"建设的外国专家有92人，他们分别来自西德、日本、挪威、法国、瑞典、美国、荷兰和意大利等国。其中西德和日本来的人较多。

这些外国专家都住在"山化"生活区外宾招待所，有的还带着老婆、孩子和家教。外国人都习惯每天给家里通一次电话，当时还没有程控电话，打国际长途电话主要靠潞城县邮电局长途台人工接续，由于接通速度慢、通话质量差，专家们意见很大。

为了解决这一问题，我用超短波无线设备，临时开通三条"山化"直通长治的长途话路，从而满足了外国专家们的通信需求。至此，我去"山化"执行的三次通信任务就算圆满地完成了。

异彩人生

兼管微波

1984年2月21日，省局分管微波专业的同志要下乡支农，时间是一年，领导决定让我把微波通信工作兼管起来。

微波通信，属于大容量多功能通信，专业性、技术性很强，微波干线所承担的传输电路大部分属于一级干线。微波中继站都设在山头上，气候条件恶劣，生活条件很差，给管理工作带来一定困难。

为了完成领导交给的工作任务，我首先深入基层，调查研究，在微波通信总站通信科长的陪同下，用了近一个月的时间，把十几个微波中继站普遍调查了一遍。通过调查，我积累了一套完整的微波技术管理资料。

1986年分管微波专业的同志因病住院，我又兼管了半年微波通信。在我兼管微波通信期间，除完成日常的技术维护管理工作外，同时还协助工程管理部门重点抓了五大工程项目，这五大工程是：

太原—阳泉，300路数字微波工程；

太原—33站，960路微波进城工程；

长治—晋城，960路微波工程；

北京—太原—西安，1800路微波工程；

大同—太原—长治，1920路数字微波引进工程。

这些微波工程，相继竣工投产，投产后不仅解决了省内长途电路的急需，同时也大大缓解了西部各省长途电路紧张状况。

发展通信

我分管的无线专业主要是短波无线通信。短波的频率范围是

20～30兆赫。20世纪60年代的短波设备，都是电子管设备，现在看来笨重、落后，而且只让通报不让通话，使用起来局限性很大。到了80年代初，改革春风吹满大地，对外开放打开国门，随之而来的是国外先进设备、先进技术引入国内市场，从而促进了我国通信事业的迅速发展。

短波通信： 在设备更新换代中，省到地、市局的短波网，换上了100瓦单边带电台。地、市局到各县的短波网，换上了15瓦单边带电台。原来是以报为主，后改为报话结合，以话为主。

机动通信： 我省原来只有两部150瓦电台通信车，后发展为机动通信车队，拥有七部电台通信车。通信手段也从单一的人工电报，发展为无线电话、无线电传和无线传真。过去一套旧设备只能开一条电路，更新换代后一套设备可以开4—24条电路，各项业务同时进行互不影响。

无线寻呼： 是80年代末开始发展的。由于无线寻呼投资少、工期短、回收快、市场大，所以发展很快。截止1994年6月底我离岗之前，全省已开通93个局，95个基站，发展用户101722个。

450兆对讲拨号电话： 是一种简易移动电话，它是900兆移动电话的补充和延伸。截止我离岗之前，全省已开通70个局，70个基站，发展用户2947个。

移动电话： 是现代通信手段中生命力最强，应用范围最广，市场需求最大，发展速度最快的一种覆盖全球的通信网络。截止我离岗之前，全省已开通34个局，37个基站，发展用户10490个，并实现了全国自动漫游。

以上无线通信的发展，从无到有，从小到大，从工程立项、设计会审、设备引进、人员培训、业务经营、技术维护、规程制定、通信管理等，都是我亲手抓起直接参与，并逐步发展起来的。

爱岗敬业

1964 年7月中旬，太原市古交区遭受百年不遇的洪涝灾害，山洪涌入街道，不少居民住宅和商业店铺被浸泡在洪水之中。省局接到灾情报告后，派我带着电台前往古交执行紧急防汛任务。20天后汛情有所缓解，我请了一天假，坐上邮政车回家拿些衣服、旅费和粮票，原计划第二天返回古交。没想到回家的当天晚上天就又下开连阴雨，第二天邮政车和长途汽车都不发车，为确保防汛任务不受影响，我硬是冒着大雨，踏着泥泞的山路，步行52公里，按时返回了工作岗位。

1976 年7月29日，也就是唐山地震的第二天，我带着太原市电信局无线科技术员李云同志（后调回省局被提拔为科研所所长、电信处处长、省局副局长兼总工程师），前往晋城任庄水库检查防汛通信。由于当时震情和汛情形势紧迫，当天还必须赶回长治，但晋城开往长治的客运火车车次已没有了。为了争取时间，我们向车站领导出示了防汛抢险证件，要求乘坐拉煤的货运列车赶回长治。火车站站长同意了，他把我们送上拉煤火车的尾车厢。我们到了长治后，已经是深夜12点多钟了。

1983 年7月下旬，我和太原市电信局无线科技术员聂天祥同志去灵丘县城头会水文站检查防汛通信。因雨后路滑长途汽车站不发车，我们就步行20多公里山路，蹚过没膝盖的洪水完成了防汛组巡工作任务。

1989 年我省无线通信获得迅速发展，新设备新技术不断引进，无线寻呼、对讲电话、移动通信同时发展。在只增加工作任务，不增加管理人员的情况下，要想全面完成领导交给的工作任务，那就必须争分夺秒，加班加点地开展工作。

为了加快我省无线寻呼的发展步伐，1989年12月27日零点24分，我从太原坐硬座火车去临汾出差。到了临汾火车站天还没亮，在候车室凳子上打个盹儿，天一亮就直奔临汾局机房处理工作。临汾局的事处理完，下午两点半又坐火车赶往阳泉。到了阳泉是凌晨3点，在旅店只睡了四个小时就去阳泉局处理工作。阳泉局的事处理完，下午3点半又坐火车赶往榆次。就这样马不停蹄两天跑了三个地、市局，处理了不少施工装机中存在的技术问题。

现在在领导机关工作的人员，特别是年轻人生活条件好，吃苦少，恐怕没多少人愿意为工作再吃那么多的苦。但思想境界、工作态度、爱岗敬业和奉献精神是任何时代都必不可少的。

学府进修

随着现代科学技术的飞速发展，老一辈通信管理人员，由于年龄偏大，知识老化，已很难适应邮电企业的现代化通信技术管理。要保持原管理岗位不变，就必须进行在岗培训。1987年12月，北京邮电学院培训中心举办"科技管理干部培训班"，领导决定让我参加，这是一次极好的学习机会。

北京邮电学院是邮电系统的最高学府，建院以来源源不断地为国家邮电通信事业的发展输送了大批专业通信人才。学院的培训中心成立于1986年10月8日，技术装备总投资22亿日元，其中日本无偿援助5.3亿日元，国家投资16.7亿日元，由日本提供一整套现代化的通信设备。其中有中型计算机中心、移动通信、卫星通信、微波通信、光纤通信、数据通信、会议电视、程控交换和智能化测试仪表。培训中心主要是搞基础教育、职业教育、成人教育和岗位职务培训。

通过培训补充知识，更新技术，进一步强化企业管理。

　　培训班12月11日开课。第二天，中国科学院院士、北京邮电学院院长叶培大教授给我们讲了一堂"光纤通信"课。结业那天他还特意和我们一块儿合影留念。

结业时叶培大院长和学员们的合影

　　这次培训虽然只有两周时间，但是通过紧张认真的学习和实习，确实增长了不少新知识，学到很多新技术，这对我们进一步搞好本职工作很有针对性。

专业活动

我在省局分管的主要技术专业，是无线电通信技术维护管理，在我从事技术管理工作的二十多年里，除直接参加或参与省内一些大的专业技术活动外，还多次参加过邮电部和邮电部电信总局组织的规程审定、工程验收、法规起草和专业会议。

1980年9月，在阳泉组织了"铁路电气化"对邮电通信干扰的测试，为邮电企业赢得了经济赔偿。

1981年1月，在山西国际电台组织了"630千瓦大型柴油发电机组的安装工程验收"。

1983年7月，在北京参加了邮电部基建总局组织的《短波无线电安装技术规范》审定会。

1983年8月，在上海邮电部第一研究所，参加了邮电部电信总局组织的"国产移动通信系统技术鉴定会"。

1985年和陕西宝鸡烽火无线电厂合作，在雁北地区组建了我省第一个国产10瓦单边带无线短波"选呼拨号网"。

1986年6月，在四川成都参加了邮电部电信总局组织的《无线短波技术维护规程》审定会。

1987年10月，在陕西宝鸡参加了烽火无线电厂组织的"单边带数字通信技术鉴定会"。

1988年4月，在阳泉参加了引进"日本二手交换机"安装工程验收。

1989年5月，被山西省通信学会聘请为"山西省通信学会无线微波通信委员会委员"。

1989年8月，在河北北戴河参加了中国通信学会组织的"移动通信学术研讨会"。

1990年5月，在新疆乌鲁木齐参加了国务院电子办组织的"小型地面站推广应用现场会"。

1990年8月，在浙江杭州参加了邮电部战备办公室组织的"24路特高频通信车技术鉴定会"。

1990年9月邮电部借调，在北京组织起草了《邮电部战备储备物资平战结合管理办法》，我担任起草组副组长。在借调期间，因工作需要曾以邮电部的名义去北京军区、南京军区、南苑军用机场、铁道部、交通部、民航总局和国家档案馆执行过公务。

1990年10月，参加了山西省广播电视厅组织的"太原市广播电视塔筹建方案研讨会"。

1991年4月，在广东中山参加了邮电部电信总局组织的《无线寻呼业务规程》审定会。

1991年10月，被山东潍坊无线电八厂聘请为移动通信技术顾问。

1992年5月，被山东潍坊华光移动通信公司聘请为移动通信技术顾问。

1992年10月，和江苏无锡无线电厂合作，组建了我省第一个引进100瓦"单边带短波无线网"，并委托厂家举办了一期"技术培训班"。

1992年11月，和山东潍坊华光移动通信公司合作，研究开发了我省"450兆对讲拨号电话自动计费系统"。

1993年9月，在河南洛阳参加了邮电部组织召开的"全国邮电系统无线电管理研讨会"。

1993年10月，在上海参加了邮电部电信总局组织的《移动电话技术维护规程》审定会。

1993年11月，在西安参加了邮电部电信总局组织的《移动电话业务规程》审定会。

技术成果

我热爱无线电工作，钻研无线电技术，擅长无线电修理。尤其是爱动脑筋想办法搞一些小改小革和技术开发研究项目。在我一生的技术生涯中，也曾取得了几项技术成果，撰写了几篇有价值的技术论文。

1960年，我通过技术革新，制作了一台"收音发报两用机"。既能收听广播，练习发报，又能做自动发报机的监听器和教学用的教练机，真可谓是一机多用。曾被山西省委办公厅机要秘书处推荐到"全国机要工作技术革新成果展览会"上，进行了展览和演示。

1972，自行设计制作了一台"晶体管报话机"，经在电路上实验，通报空间通信距离可达400多公里；通话空间通信距离可达30多公里，曾获得了省局"科学技术奖"。

1975年在发信台工作期间，为了解决"高速率电子梭形器"的备用电子管的紧缺问题。我经过大胆设想，认真分析，反复实验，终于实验成功用普通国产稳压电子管，代替进口电子管，解决了设备备件的来源问题。

1978年在给山西省防汛抗旱指挥部举办"无线报务员培训班"时，编写了一部适合水利部门通信特点的《电报业务规程》。

1987年7月通过电路实验撰写了技术论文《电报电源的高频辐射及消除办法》，该论文荣获邮电部"通信电源专业技术论文"三等奖。并在人民邮电出版社主办的《电信技术》杂志（海外版和国内版）公开发表。邮电部《通信电源信息报》和《山西通信技术》杂志也作了转载。

1987年11月，通过可行性技术演练，撰写技术论文《用三路超短波开通县间一路电传电报和两路长途半自动电话》。该论文经山西省人民政府、山西省军区交通战备办公室推荐，报国务院、中央军委交通战备领导小组办公室和中国人民解放军总后勤部军事交通部审核，被全文收编到解放军出版社1989年9月出版的《国家交通战备科学技术成果汇编》一书中。《山西邮电报》和《人民邮电报》也同时作了报道。

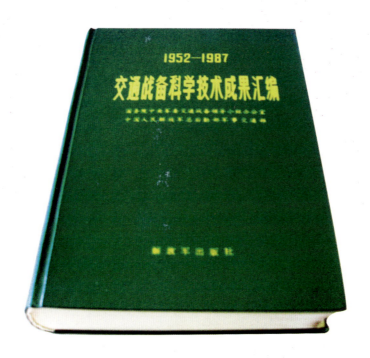

《交通战备科学技术成果汇编》

第五章　情系国防

我这一生中并没有当过兵、扛过枪、打过仗。但我所从事的工作和军队接触较多，与国防联系紧密。在我分管战备通信工作的14年里，付出了不少心血，也得到了国家和军队的较高荣誉和奖励。

华北拉练

为了贯彻落实国务院、中央军委〔(国发)55号〕文件精神，邮电部于1977年9月5日至15日，在北京前门饭店召开"全国战备通信会议"。在这次会议上，北京、内蒙古和山西代表商定，将在11月份举行一次华北地区跨省、市拉练。

会后经过一个多月时间的准备，拉练于11月3日正式开始。拉练路线从北京50通信总站出发途经两省、一市、四个地区、十八个县(市)，全程905公里，用时十天。

这次拉练北京局牵头，拉练总指挥由北京50通信总站站长刘恩源同志担任，副总指挥由内蒙古管理局战备办公室赵珍同志和我担任。参加人数162人，其中：上级领导4人，北京115人，内蒙古40人，山西因当时还没有组建机动通信车队只参加了3人。

这次拉练共出动车辆35辆，其中内蒙古7辆；车辆种类有发信车、收信车、载波车、电传车、交换车、电力车、线务车、油罐车、指挥车、救护车和生活用车；动用各种通信设备40多部；带出业务电路8条。

拉练沿途设了三个演练点，即北京延庆，河北宣化，山西大同。演练项目有电台架设、沟通联络、机上通报、电路调度、线路抢修、载波接力、交换联网、电源切换等。为使拉练尽量接近实战，参练人员每到一处都是住民房，打地铺，自带粮油，自己做饭，自备燃料，自己发电。

拉练车队路经北京和河北境内时，沿途没有人接待。为了搞好山西的接待工作，11月6日我派雁北地区邮电局的李璧同志先回大同，提前安排接待工作。11月8日演练车队进入山西境内时，情况就不同了。雁北地区邮电局韩守章局长得知信息后，专程赶到山西和河北交界处迎接。沿途各县都设有接待站，敲锣打鼓迎送拉练车队，天镇县革委会崔主任也出来迎接，场面十分感人。

拉练车队到大同后正赶上下大雪，演练三天后离开山西时，雁北地区邮电局领导给拉练人员解决了3000斤土豆，930斤猪肉和60瓶恒山白酒，并把拉练车队送出山西。

这次拉练的目的主要是考验一下现有的战备通信设备是否可靠；演习方案是否可行；组织指挥是否严密；人员素质（即业务、技术、身体）是否适应；通信任务能否完成；后勤工作能否保证。

这次拉练主要收获是，人员得到了锻炼，设备经受了考验，正常业务没有受到影响。尤其是这么多车辆和人员，冰天雪地，山路行车，有20人是一专多能的兼职司机，其中还有3人是女同志，能圆满完成任务，安全返回，这是最大的胜利，最好的成绩。

拉练结束，在50通信总站开完总结会，内蒙古和山西的参练人员都回到北京。北京长途通信局和邮电部电信总局有关领导举行盛大招待会，祝贺拉练成功，并为我们饯行。在我们离开北京时，北京局还特意给山西省邮电管理局写了一封热情洋溢的感谢信。

巡回演练

为检验我省战备通信在特殊情况下的可靠程度和保障能力，根据国务院、中央军委交通战备领导小组和邮电部的文件精神，省局决定在全省范围内组织一次模拟实战的战备通信巡回演练。

经过精心组织，充分准备，巡回演练于1980年11月15日正式开始。这次演练由省局电信处牵头，谢贵来处长亲自挂帅，省线务局和太原市电信局紧密配合。参加人员13人，出动通信车辆5辆，动用无线设备15部，参练工种有无线、长机、线务和电力，涉及的业务主要是电报和电话。演练项目有无线通信、线路抢修、电路调度、电源切换和业务接替。

这次巡回演练与以往的拉练演习不同，演练人员每到一个地、市局和县间中心局，不打招呼直接进入通信科、室、班、组现场，按照演练方案，在没有思想准备的情况下，以突然袭击的方式进行演练。如：

无线通信：人为切断一个方向的有线报路，让无线中心台，用最短的时间和最快的速度，沟通地、市局到县局的人工无线报路，以考核无线沟通率和机上的通报能力。

线路抢修：在市郊通信线路上，人为制造几处线路障碍，有些障碍是有意选在跨河或跨沟的飞线上，排除障碍有一定的难度。以考核机务人员对障碍地点的测试准确度和线务人员在抢修线路时的吃苦冒险精神、操作熟练程度和排除障碍的最快速度。

电路调度：假设有紧急上空电话，急需通知有关部门，但正常通信电路阻断，要求中央控制室通过迂回绕转把电路调通。以考核电路值班人员对网路组织的熟悉程度和指挥调度能力。

电源切换:人为拉闸停电,以考验直流蓄电池的供电可靠程度和柴油发电机的供电保障能力。

业务接替:假设地、市局无线中心台遭受破坏,在短期内又无法恢复。为确保无线通信畅通,利用机动通信车上的无线设备,接替地、市局中心台对上对下的无线通信业务,以考核应急通信方案是否可行。

这次巡回演练历时32天,途经九个地、市43个县,行程2345公里,耗资五千多元。演练进行得比较顺利,取得了一定成绩,达到了预期目的。

这次模拟实战演练也暴露出不少通信管理上的薄弱环节和亟待解决的突出问题。这对通信管理领导机关改进工作方法、制定应急预案、加强通信管理、提高实战能力、增强可靠程度和应对突发事件大有好处。

军民演习

1982年,为了贯彻落实〔(国发)55号〕文件精神,北京军区交通战备办公室和山西省交通战备办公室商定在9月23日由北京军区交通战备办公室出资十万元,由山西省交通战备办公室负责编导,搞一次军队和地方联合演习,即太原铁路枢纽倒运演习。

演习假设,我国北方向发生重大战情,太原火车站遭受空袭破坏停止运营,有一批军用物资急需从南线的修文车站绕过太原转运到北线的高村车站。途经榆次潇河还需要临时架设一座公路钢桥。

这次演习从7月份开始准备,任务分工是:铁路负责车皮调度和物资的装载卸载;交通负责钢桥架设和物资运输;邮电负责提供通信保障;山西省军区负责演习现场的组织指挥。

接受任务后，参加演习的各部门抽调专业人员，实行联合办公，制定演习方案。我的任务是根据铁路、交通、邮电所能提供的通信设备，着手制定通信保障方案。为保证演习顺利进行，做到万无一失，在制定方案时，要求每个演习点必须有有线和无线两种通信手段。在这次演习中，通信保障出动车辆18辆；投入人力120人次；动用通信设备48部；提供通信电路43条。

正式演习的那一天，演习现场人山人海。有来自北京军区和省军区的首长；有来自全国28个省、市、自治区交通战备办公室的观摩代表；有省委、省政府的领导和省直机关有关厅、局的领导。

演习先从修文车站开始，我带着电台和军区王总指挥同坐一辆吉普车，他的一切指挥命令都是通过我的电台上传下达的。演习开始命令下达后，等待装载的运输车辆排成一条长龙，铁路工人和部队战士都在紧张的从火车上往汽车上搬运军需物资和军用器械。装载任务完成后，运输车队缓缓通过临时架设的萧河钢桥，途经榆次、寿阳、阳曲县境内，向高村火车站挺进。

演习已经进行了三分之二了，但对空射击问题还没有得到有关部门的同意，王总指挥有点焦虑。当我把地下指挥所传来的"对空射击可以进行"的消息告诉他时，他那严肃的脸上露出了微笑。当我们到达演习终点时，坦克部队和高炮部队早已严阵以待。当扮演敌机的航模飞机出现在演习现场上空时，王总指挥下达对空射击命令，瞬间炮声震耳，火光冲天，敌机闻风而逃。经过铁路工人和部队战士紧张装载，随着满载军用物资的列车一声鸣笛，火车离开高村车站飞驰北上，演习圆满结束。

历史盛会

1986年国务院、中央军委交通战备领导小组，准备在9月份召开一次"全国交通战备平战结合会议"。为了迎接这次会议的召开，邮电部提前三个月发出通知，要求各省、市、自治区邮电管理局，在总结十年战备工作的基础上，评出战备通信的先进个人和先进集体，并将材料上报邮电部战备办公室。山西省邮电管理局推荐的先进个人是我，先进集体是省局战备办公室。

邮电部战备办公室收到各省、市、自治区上报的材料后，6月9日在湖北省南漳县湖北国际电台召开"先进材料评审会"。6月8日我把材料送交大会，因我成都还有另外一个重要会议，评审会我只参加了一天就赶往成都。6月12日我在成都接到评审会的电话，说我的材料大会通过了。邮电部把评审结果上报国务院、中央军委交通战备领导小组办公室后，最后上级的审批结果没有公布。

1986年9月3日，"全国交通战备平战结合会议"在北京京西宾馆正式召开。参加这次会议的代表有国务院、中央军委交通战备领导小组的领导成员；中国人民解放军总后勤部、铁道部、交通部、邮电部和民航总局的部、局长；各省、市、自治区和各大军区分管战备工作的副省长和副司令员；各省、市、自治区有关厅、局分管战备工作的厅、局长；受表彰的先进个人和先进集体代表共457人。

大会第一天，国务院、中央军委交通战备领导小组办公室黄毅诚副主任主持会议，中央军委徐惠滋副总参谋长代表国务院、中央军委交通战备领导小组作了重要讲话。国务院、中央军委交通战备领导小组办公室李伦副主任向大会作了工作报告。

会议总结了全国交通战备十年工作成绩，提出了交通战备工作今后的方针和任务，交流了工作经验，表彰了工作在交通战备第一线的71名先进个人和31个先进集体，其中邮电部门有6名先进个人、3个先进集体受到表彰。

会议开了10天，会议期间李鹏副总理和杨得志总参谋长多次参加大会，并为大会题了词。李鹏的题词是"坚持平战结合，搞好战备工作"。杨得志的题词是"平战结合，利国利民"。国防部张爱萍部长正值出访不在，他特向大会发了贺信。国防科工委、军事科学院、后勤学院、总参谋部和国家经委都向大会做了专题报告。

会议期间，我是邮电代表团的会议联络员，负责领发大会文件、资料、入场券和会议联络事宜。

9月10日晚上，大会通知11日早上8点国家领导人接见与会代表并合影留念。第二天8点钟以前全体与会代表和大会工作人员，在宾馆大院指定地点排队等候。8点5分杨尚昆、李鹏等国家领导人乘坐的红旗轿车，一辆接一辆来到宾馆大院，他们下车后向等候的与会代表频频招手致意，绕场一周后与大家合影留念。由于合影的人数有600多人，合影照片长达1.3米。这张合影至今我还完好珍藏着。

9月11日下午，大会举行最后一项议程，表彰先进、首长讲话、大会总结。就在这次会议上我被国务院、中央军委交通战备领导小组授予"全国交通战备先进工作者"荣誉称号。当时在主席台上给我们颁发"荣誉证书"的国家领导人有杨尚昆、李鹏、杨得志、余秋里、洪学智和赵南起。

会议结束后，邮电部部长杨泰芳和几位副部长在邮电部迎客厅亲切接见了邮电系统受表彰的先进个人和先进集体代表，并一起合影留念。

邮电系统受表彰的三个先进集体和七名先进个人的合影

邮电部杨泰芳部长在邮电部迎客厅接见我们时的合影

人防战备

山西省邮电管理局是山西省人防委员会成员单位，人防工作又是我分管的工作任务之一。1987年4月22日，"全省人防工作现场会"在临汾召开。我代表山西省邮电管理局出席了会议，并在大会上作了重点发言，主要讲了三个问题。

大会发言

一、关于人防工作的平战结合

人防战备工作，是我国国防建设不可缺少的组成部分，在和平因素增长，战争可能推迟的新形势下，如何贯彻平战结合战略方针，是摆在我们面前的一个新课题。为了把单纯的战备工作，转向平战结合，使现有的战备通信设施，用于四化建设，发挥经济效益，希望我省各级人防部门，在贯彻落实平战结合战略方针过程中，要像抓交通战备工作那样，一抓到底，抓出成效，力求跨入全国人防工作先进行列。

二、贯彻《人防工作条例》，落实《全国人防工作会议》精神

国家《人防工作条例》颁布实施和"全国人防工作会议"召开之后，邮电部和山西省邮电管理局的领导对人防工作非常重视。为了贯彻落实条例和会议精神，先后做出决定发出通知，要求各级邮电部门，加强同当地人防部门的联系和配合，共同搞好我省的人防工作。特别强调的是，各地邮电部门，对人防部门租用的市话中继线、长途专用线和警报信号线，要加强维护管理，确保传输质量，做到畅通无阻。

三、关于利用人防通信设施，发展市话用户的问题

利用人防通信设施，发展社会市话用户，这是人防部门最关心的问题。这里需要说明一下，近几年邮电企业的经营管理体制有所改革。市内电话这一部分，从经营管理到财务收支都下放给各地、市局了。利用人防部门的交换机发展社会用户，邮电部已有文件规定和具体办法，只要经营上符合规定要求，设备上符合技术标准，征得当地邮电局同意就行，省局不再作统一规定和硬性要求。

人防部门把多余的市话容量，用于发展社会用户，这符合平战结合原则。这样做不仅可以收到一定的经济效益，同时也有利于随时转入战时体制；有利于培养人防战备通信人才；有利于通信设备平时的维护管理。我的大会发言，博得了与会代表们的一致赞同。

军营做客

　　1988年5月5日，华北、东北两区"战备通信研讨会"在天津蓟县召开。这次会议主要是贯彻落实"全国交通战备平战结合会议"精神，把单一的战备通信转向平战结合。为增加会议气氛，增长军事知识，体验军营生活，密切军民关系，会议特意安排了一次参观驻军某坦克部队。

　　5月8日我们乘车来到坦克部队军营，受到部队官兵们的热烈欢迎。在临时搭起的接待棚里，部队首长给我们讲了军事教育课，重点介绍了坦克部队在现代战争中的地位、作用和特点。听完讲课接着是观看坦克实物，坦克手给我们讲解了坦克的内部结构，火力配置、通信联络、指战员分工和安全注意事项等。因为我们都是第一次接触坦克，见了坦克都有些好奇，有的钻进去模仿驾驶，有的坐在炮台上通过潜望镜观看周围的地形，还有的拿出相机拍照留念。

坦克前合影

从坦克里瞭望

　　看完坦克后，接着又观摩坦克在行进中的实弹射击，一共发射了三发炮弹，发发命中目标。最后一项内容是亲身体验乘坐坦克的感受，我们当中有三位同志自告奋勇进入坦克驾驶舱。坦克沿着高低不平的训练跑道快速转了一大圈，回来后有的头晕恶心，有的呕吐难受，看来一般人的体质是适应不了的。

　　通过这次军营做客，体验生活，大家增长了不少军事知识，密切了军民关系，增强了我们搞好战备工作的责任心。

巡视边防

1988年10月13日，"全国战备通信现场会"在广西南宁召开。10月12日我随同邮电部电信总局谢晓安局长和邮电部战备办公室戴爽主任从北京坐飞机直飞南宁。10月的北方已是深秋季节，人们都已穿上了秋装，但南宁仍是炎热的夏季，到了南宁一下飞机，首先感到雨后的天气非常闷热，必须马上换上夏装。

因为这次会议是现场会，所以在南宁只开了个头，10月13日上午举行大会，大会由邮电部战备办公室戴爽主任主持，邮电部电信总局谢晓安局长、自治区政府办公厅卫秘书长、广西军区李副司令员、广州军区战备办公室梁主任分别作了重要讲话。广西邮电管理局电信处葛处长和南宁市电信局胡局长向大会作了经验介绍，下午参观了军区通信站，第二天就转到海、边防第一线。

这次现场会主要是让大家看看当时边防战斗现场，听听情况介绍，受受国防教育。

14日上午我们乘车4个小时，行程176公里，来到北部湾的防城各族自治县。下午听取了防城县邮电局的经验介绍，并参观了反击战展览。

15日我们乘车途经那梭边防站，来到边防重镇东兴。东兴和越南的芒街之间只隔着一条北仑河，反击战时这里的战斗打得很激烈，我们看了现场，东兴破坏损失不大，北仑河上的友谊桥我方一侧被炸断，对岸的芒街已被炮弹夷为平地不复存在，但东兴的生活和生产一切都恢复了正常。中午我们在靠近北仑河边的一家饭店二楼餐厅就餐，隔着窗户玻璃可以清楚地看到全副武装的越南边防军在沿北仑河南岸巡逻。

16日上午我们参观了防城港，乘交通轮下北部湾海域转了一大圈儿，体验了一下海上无风三尺浪的感受。下午小组讨论、大会总结，但是散会不散人。

17日我们乘车继续沿边防线西行，前往边关重镇凭祥市。车队翻山越岭，穿过著名的十万大山，行车8个多小时，行程300多公里来到凭祥市。凭祥是我国广西的一个边防城市，也是中越边民贸易往来的集散地。南宁通往河内的火车必须在凭祥换成窄轨小火车才能去越南。到了凭祥市我们住在新华旅行社，旅行社的条件很好，由于坐了一天车感到非常疲劳，吃过晚饭我们洗了个澡，就入睡休息了。

慰问守军

1988年10月18日上午，在凭祥驻军某部政治处刘晓年处长的陪同下，我们带了200多斤猪肉，一面锦旗，锦旗上写着"守边关震国威"，慰问了驻守法卡山守备连全体官兵。法卡山，又名雷劈山，位于凭祥东南21公里处的中越边境线上，海拔高度511米。边境战爆发之前这个山头曾为越军所控制，当地边民的生活和生产经常受到越军的骚扰。

据守备连连长曾生同志向我们介绍，边境战爆发后，法卡山是东线（西线是老山）战斗最激烈的战场。1982年5月5日战斗打响后，我军只用了56分钟就拿下法卡山阵地，但后来就形成拉锯战，双方伤亡都很惨重。从5月5日到6月30日，57天就发生了53次战斗。打死越军705人，打伤530多人。

法卡山拿下后，我军立即着手建设法卡山前沿阵地，在全国人民的支持下，水、电、路、电话和电视很快就都通了。我们去后受到守军官兵的热烈欢迎，阵地上随处可以看到战士们的豪言壮语。

听完情况介绍后，我们在曾连长的带领下通过地下通道登上山头，参观了1—5号前沿阵地的防御工事。在山头上，我们可以直接看到越南的同登和谅山。曾连长手指着谅山，给我们介绍了反击战时，我军攻克谅山时的情景。

法卡山前沿阵地5号碉堡入口

参观边关

　　1988年10月18日下午，我们参观了友谊关和金鸡山炮台。友谊关位于凭祥市正南18公里处，是广西南疆三关之一。友谊关历史上叫镇南关，解放后改为睦南关，1957年9月15日重新整修后，因中越关系比较友好，又改为友谊关。

　　友谊关地形险要，是凭祥通向越南同登和谅山的铁路、公路的必经之地。1979年反击战打响后，我军攻克谅山时，坦克和装甲车部队都经过这里出关。友谊关的关楼有四层，楼顶上悬挂着我国的国旗和国徽，边境战时关楼上被越军打下的弹坑还历历在目，海关二楼的墙上还留下一个直径1米多的大口子。关外还有4个边防哨所，由地方武警部队守卫。

金鸡山镇北台边防军的雷达站

　　金鸡山又名梅黎岭，位于友谊关西侧，海拔高度596米，地形险要，居高临下，难攻易守。山上有三个古炮台，即：镇北台、镇南台、镇中台。每个台上都装有一门德国克鲁伯厂19世纪生产的120毫米火炮。火炮炮身长4.2米，射程25公里。北台和南台的火炮还在，中台的火炮1957年运往北京历史博物馆作了展览。现在中台废弃，南台和北台设有军用监控站和雷达站，昼夜不停监护着我国的领土和领空。

在参观的过程中，我们也看到沿途有七个烈士陵园，从烈士塔上的记载中看到，烈士们最大的二十七岁，最小的只有十八岁。可见当时的战斗是何等的残酷。

巡视了边防、慰问了守军、参观了边关，我们又回到南宁，但心情久久不能平静，脑子里边总想着，人类社会如果没有战争那该有多好呀。

东方哨所

1990年9月24日，"全国战备通信现场会"在吉林省长春市召开。这次会议主要是到中苏、中朝边境的交界地带现场参观。会议在长春只开了一天，第二天就乘火车路经吉林、蛟河和敦化，来到延边朝鲜族自治州的州府所在地延吉市。在延吉又开了一天会，听取了延吉局的战备工作情况汇报和进行了现场参观，

最后一天，也就是9月27日，我们乘汽车去参观三国交界地带的东方哨所。车队途经图们和珲春，沿图们江南下，通过边防站，路经防川时车队停了下来。我们下车后，吉林省局战办的同志手指着前面的一段路给我们讲解，这一段路界牌北边是苏联的领土，界牌南边是我国的领土，这个江湾旁边原来有我们的一条公路，后被江水冲刷没了，只好从苏联的领土上绕行。中苏关系破裂后，此路就不让走了，没有办法我们只好从江湾中人工填出一条路来。

图们江江湾中人工填出来的公路

看完现场后我们继续乘车前进，越往前走，心里越有点紧张，边境线上的铁丝网已经在路边出现，铁丝网外边就是苏联边防军的坦克巡逻跑道。

中、苏边界线上的铁丝网

　　来到东方前哨后，我们受到边防部队官兵的热情接待，休息片刻后，部队首长就带领我们登上20多米高的瞭望岗楼，观察周围的地形。岗楼设在三国交界地带的中间位置，岗楼最上层装有一台喇叭形望远镜，岗楼的北侧是苏联的领土，用望远镜可以清楚地看到波西耶特火车站旅客在上下车。岗楼南面隔江可看到朝鲜的领土，图们江入海口外边是日本海。入海口附近的江面上，南北横跨着一座铁路大桥，这是朝鲜通往苏联的唯一通道。大桥中间有个交汇点，交汇点北面的桥体归苏联，交汇点南面的桥体归朝鲜，我国拥有图们江的主权。

中、苏边界苏联一侧

中、朝边界朝鲜一侧

中、苏、朝三国边界的交汇区域

设在中、苏、朝三国边界交汇区域的我国东方哨所

　　根据历史记载黑龙江以北和外兴安岭以南有60万平方公里的疆土原来属于中国。1858年5月28日，不平等的《瑷珲条约》割让给了俄国。现在留给我们的耻辱是，我们的轮船在我们的江中航行，出进入海口通过铁路桥下时，还得把国旗和桅杆卸下来才能出入。

　　看了这种情景后，使人心里很不舒畅。下午我们来到图们市，参观了图们边防检查站和图们江公路大桥，我们在图们江大桥上有意识地站在朝鲜一侧互相摄影作为留念。

图们江大桥朝鲜一侧

汇报演示

　　1990年9月，国务院、中央军委交通战备领导小组办公室和邮电部电信总局联合发出通知，准备在十月份组织一次"邮电战备机动通信汇报演示"。当时正好邮电部借调我组织起草《邮电战备储备物资管理办法》。任务下达后，汇报演示的前期准备工作我参加了。演示地点选在北京南苑军用机场。

9月13日，我随同邮电部的有关领导来到南苑机场，与空军司令部有关部门和机场驻军的领导同志一块儿研究汇报演示的现场布局，并商定10月10日汇报演示人员和设备正式进入阵地。汇报演示指挥部设在当年的冯玉祥公馆，参加汇报演示的人员都住在南苑机场宾馆。

汇报演示的主要项目有：卫星通信、微波通信、移动通信、短波通信、程控交换、一点多址和特高频通信等。提供的通信手段有电报、电话、电视和传真。

12月20日，汇报演示正式开始，下午3点52分，党和国家领导人江泽民、李鹏、李铁映、宋平、刘华清、秦基伟、李仑、李贵鲜、罗干等来到演示现场，检阅了邮电战备机动通信建设成就和汇报演示。汇报演示搞了三天，随后国务院各有关部、委和军队有关部门的领导也相继观看了汇报演示。

这次汇报演示办的比较成功，它展示了我国邮电部门战备通信的技术装备和建设成就。通过汇报演示表明，我国邮电战备机动通信不仅可以满足战备通信需要，同时还可以为平时的抢险救灾和应对突发事件，提供可靠的通信保障。

第六章　应急通信

应急通信，是国家遭受严重天灾人祸，有线通信遭受破坏后，所采取的一种机动灵活的通信手段。应急通信主要是指无线电通信，通信项目包括：战备、抢险、救灾、灭火、飞播和一些公益性事业的临时急需。因为我是分管这项工作的，所以多年来哪里有灾情、有险情、有应急需要，哪里就牵动着我的心。

水库告急

汾河水库是我省的一座大型水库，建于20世纪50年代末，坝高60米，库容7亿立方米，设计标准为百年一遇。水库位于太原市西北方向的娄烦县境内，距太原市120多公里。

1967年7月中旬，由于汾河水库上游连降大到暴雨，洪水入库流量持续猛增，虽然溢洪道已经全力泄洪，但水位依然上涨。到了7月20日，水库水位已经和坝顶持平，如果不是防浪墙起作用，洪水漫坝随时可能发生。水库一旦垮坝，9米高的浪头3个小时就会到达太原市，威胁着下游的铁路、厂矿和140万人口的生命财产安全，还将淹没150万亩良田，情况十分紧急。

险情发生后，山西省革命委员会召开紧急会议，做出重要决定，一方面组织人力加高大坝，另一方面要求省邮电管理局立即派一部电台到水库上游静乐县沙会水文站监测洪水入库流量动态。

省局接到任务后，领导决定让我和监测台的杨国礼同志去完成这一任务，我们只用了一个多小时就做好了出发准备。当时"文化大革命"正处于文攻武卫阶段，各地武斗情况时有发生，为确保路上安全，山西省军区派了一个班武装护送我们。从忻县到静乐路过一段河槽，我们的小车险些被洪水冲翻。来到静乐县沙会水文站时，已经是下午6点多钟了，我们马上动手架设电台，用最快的速度和水库报汛台沟通联络，并发出第一份洪水入库流量的水情电报。

在自然灾害面前，人帮忙不如天帮忙，当天晚上上游的大雨就停了，洪水入库流量也在逐渐减少。原来是每小时向水库报一次入库流量，后改为每双时正点报一次入库流量。一周后水库危急正式解除，我们也随之转入正常报汛状态，每四小时报一次入库流量。

根据国家当时的规定，北方的汛期是每年的6月15日到9月15日共三个月。我们一直坚持了57天，共联络300多次，传递水情电报数百份，圆满地完成了紧急出台任务。

唐山救灾

1976年7月28日凌晨3点42分，唐山、丰南发生强烈地震，震级7.8级。震后灾区所有的通信设施均遭破坏，无法与外界沟通联系。13点20分，河北省抗震救灾队的通信车到达后，才和石家庄沟通无线联络，报告了地震情况。

震情发生后，邮电部发出紧急通知，要求山西省邮电管理局尽快派出一辆运水车、一辆通信车去唐山支援抗震救灾。省局接到通知后，从检验设备到抽调人员，只用了36个小时就出发了。去的报务员有：台长宫兆祥（阳泉局），田忠、周贵久（大同局），马雄

（山阴局），梅如佳（运城局），郝新华（榆社局）。机务员聂天祥和通信车司机曲跃、武万俊（太原局）。运水车司机崔肉蛋、宋国栋（省微波总站）。他们路过北京换上邮电部的介绍信，车上贴上抗震救灾前线指挥部的标识，途经三河、玉田、丰润到达唐山，一路上大雨下个不停。

7月31日救灾人员到达唐山后，根据抗震救灾前线指挥部的安排，运水车主要任务是给指挥部拉饮用水。通信车给国家地震队担任中心台，负责和下属各防震电台联络，传递震情电报。

9月5日，我和我们处的尹忠恕同志代表省局，带着月饼和水果，路经河北怀来和北京延庆，前往唐山地震灾区慰问我们的救灾人员。因为当时灾区还没有解除封锁，我们必须先到邮电部换介绍信，领取抗震救灾前线指挥部的标识，才能进入灾区。

唐山抗震救灾前线指挥部设在唐山机场，我们到了指挥部后，国家地震局张局长、高处长和河北省邮电管理局电信处的孔处长接待了我们，并向我们介绍了地震后的受灾情况。我们的救灾人员工作在通信车上，住在帐篷里边，听说我们慰问来了，大家都非常高兴。通过座谈我们得知，他们的救灾任务都完成得很好，但多数人因拉肚子身体都有些虚弱。

到了地震灾区有两种明显的感觉，一是有感余震频次较多，有一种坐在船上的感觉。就在我们到唐山的当天晚上，秦皇岛又发生了5级以上强感地震。二是为了防止发生疫情，飞机每天都要喷洒几次药水，空气中含有一种很浓的消毒液气味。

唐山机场是日本侵华时建的，各种建筑设施看上去很一般，但抗震能力很强。我们仔细看了一下，机场除指挥塔掉了个角外，其他建筑设施都比较完好。

第二天我们到唐山市区看了地震现场。市内有一条东西走向的大马路，把市区分为南北两部分，北边叫路北区，南边叫路南区。

路北区还能看到一些受到损坏但还没有完全倒塌的楼房，窗台儿上的花盆、家里的床和自行车还在。路南区震后变成一片废墟，连两米高的墙都没有，好多单位的牌子都在废墟中。我们看到解放军戴着口罩和手套，还在废墟堆上工作。

地震发生后，灾区实行的是按需分配，不存在货币交换，生活必需品按人头发放，救灾人员的吃住和汽车加油都是免费。

9月9日我们离开灾区时，运水车圆满完成任务和我们一块儿返回，走时灾区加油站还免费给了我们一大桶汽油，让我们路上用。

下午4点钟我们返回北京邮电部招待所，在登记住宿时，我们发现招待所所有服务员都在痛哭流涕，不一会儿喇叭里传出紧急通知，让全体工作人员和旅客都到餐厅集合，通过集体收听广播，才知道是毛主席他老人家不幸逝世了。为了悼念伟大领袖毛主席，晚饭后我和两位司机开车来到天安门前金水桥上，面对着天安门城楼上毛主席的巨幅画像，恭恭敬敬地鞠了三个躬，以表达我们对伟大领袖毛主席的敬仰和哀思。

支援唐山抗震救灾的通信车，于9月22日圆满完成任务正式撤台，9月28日返回太原。回来时国家地震工作队还给写了感谢信，中共河北省委和河北省革命委员会还赠送了锦旗，锦旗上写着：抗震救灾架通条条银线，无私支援献出颗颗红心。

北京防震

1976年7月28日，唐山、丰南发生强烈地震后，为了确保首都北京的安全，在紧急出台支援唐山抗震救灾的同时，邮电部还给山西省邮电管理局下达了另外一项紧急出台任务，那就是再派两部电台赶赴北京延庆和河北怀来，配合当地地震台站，监视北京周围的地震活动情况。

北京延庆台设在八达岭西拨子地震台,设台条件比较好。抽调的第一批报务员有:台长李杭生(忻县局),杨龙旺(沁源局),周众明(武乡局),陈文章(五台局)。机务员马发旺(交城局)。第二批轮换报务员:台长文慧智(文水局),王计生(灵石局),邵有顺(平定局),武天珍(岚县局)。机务员夏沛林(太谷局)。

河北怀来台设在野外芦苇秸秆防震棚里,四面透风条件很差。抽调的第一批报务员有:台长赵巨明(长治局),冯建华(襄垣局),高黄毛(长治局),闫广厚(沁县局)。机务员李如芳(太原局)。第二批轮换报务员:台长齐翠玉(临汾局),任志明(榆次局),殷建设(襄汾局),司新星(隰县局),机务员尚金旺(侯马局)。尚金旺到怀来不久,因爱人病重,临汾局派高庆生同志接替了尚金旺。

这两部防震台的联络对象,延庆台只对北京。怀来台既对北京又对张家口,每天联络16次,传递同文震情电报14份。

延庆台工作了四个多月,于1976年11月15日正式撤台。怀来台工作了七个多月,直到1977年3月1日才撤台。撤台后全台人员回到北京休息了几天,还去唐山地震灾区参观了两天,4月17日才返回太原。

河曲排凌

1982年2月24日上午8点40分,我接到内蒙古邮电管理局电话告急:黄河河曲段出现重大凌情!由于冰坝堵塞河道黄河水位上升,内蒙古榆树弯一带遭受水淹,要求山西配合排凌抢险。2月26日,又接到河曲县邮电局电话告急:河曲黄河冰凌形势严峻、威胁很大!3月14日河曲凌情再次告急,省防汛抗旱指挥部紧急通知,要求省邮电管理局准备一辆通信车,随时准备前往河曲执行排凌抢险任务。当时我正在太原市电信局蹲点,接到通知后,我立即通知太原市电信局，当天就做好了紧急出台准备。

说到这次排凌抢险，还得从水电部建设黄河天桥水电站说起。黄河天桥水电站，位于保德县义门口，是水电部立项的试验性工程项目，水电站装有四台2.5万千瓦发电机组，建成投产后既可调洪又能发电可谓一举两得。

天桥水电站未建之前，河曲至保德段的黄河本不存在防凌问题。天桥水电站拦河大坝建成后，急流的黄河河道变成了平静的水库，几乎看不出黄河水在流动。这次凌情的发生主要是上游漂下来的浮冰全堆积在水库里边，形成几十公里长的冰坝。随着黄河水位的提升，直接威胁到内蒙古境内几个沿河村庄村民的生命财产安全，情况比较危急。

为了尽快排除险情，确保人民生命财产安全，国家防汛总指挥部动用军队直接参战。空军部队派出飞机轰炸了五个架次，投弹一吨多，炮兵部队也进行了连续炮击。截至3月17日，炸开五十米宽、十四公里长的一条通道，终于疏通了堆积在黄河上的冰坝。3月23日，《山西日报》在头版头条报道了排凌抢险的惊险动人的场面。

凌情排除转危为安，虽然我和通信车都没有到排凌现场，但通过播放排凌抢险的现场录像，我看到了排凌抢险的全过程。当时的战斗场面，相当于三军联合在黄河上打了一场速战速决的小战役。

汾阳抗洪

1988年8月5日，汾阳县境内发生百年不遇的洪涝灾害，造成96个村庄被淹，3万多村民被围困在洪水之中，58人死亡，10多人失踪，15000多人无家可归，32万亩农田受灾，造成直接经济损失近两亿元。

灾情发生后的第二天下午，省政府召开紧急会议，部署抢险救灾工作。会议要求省邮电管理局立即派出救灾电台，尽快抢通灾区的通信线路。

8月6日下午6点15分，接到救灾任务后，省局黄宪明局长亲自带领我们连夜赶到灾区。由于走的急促，有的同志来不及回家换装，穿着拖鞋和背心就上车出发了。

这次洪涝灾害给邮电通信也造成严重破坏，农话线路倒杆断线300多根，18个乡镇电话不通；机务站到汾阳局的50对长途电缆有七处被洪水冲断；市内电话有110个用户不通；8个分支机构机房进水；32户职工宿舍被淹；因邮路受阻积压邮件526袋。

当时抢险救灾指挥部设在汾阳县招待所，总指挥是郭裕怀副省长。我们赶到灾区后，一方面听取汇报，了解灾情，组织力量排除积水，抢修线路，恢复通信。另一方面根据指挥部的要求和安排，先给省、地、县三级领导临时装了十六部电话。还向文侯水库、褚家沟水库、杏花村汾酒厂和文峪河灌区派出电台，开通四条无线话路，昼夜监视水情变化。

为了支援灾区尽快恢复通信，帮助职工克服受灾后的生活困难，省局紧急拨款5万元，并送去白面200袋，另外还抽调了运输车辆和通信器材。

在这次抢险救灾中，省直机关有17个厅、局用不同的方式支援了灾区，其中邮电行动最快，工作最得力，在汇报总结会上受到总指挥郭裕怀副省长的表扬。

大同地震

1989年10月18日22点58分，大同册田发生地震，震级6.1级。地震发生时我正在北京出差，接到省局领导电话，让我从北京直接赶赴地震灾区处理救灾事宜。11月4日我来到雁北地区邮电局，首先听取了地区局领导的地震灾情和救灾情况汇报。11月5日在地区邮电局电信科赵立春科长的陪同下，我们驱车赶往地震灾区。就在我们来到册田村的前10分钟，又发生了3.2级有感余震。

这次地震虽然震级不算大，但也波及阳高、广灵、浑源、大同等4个县，20个乡镇，有69个自然村的部分民房有不同程度的裂缝和损坏。浑源县的杨庄倒塌了几间教室和民房，但没有人员伤亡，只有张庄因防震窝棚失火烧死5人。

这次地震对当地的长途通信线路没有造成损害，倒杆断线的主要是农村电话，截至11月4日，69个自然村已抢通56个，剩下的13个正在抢修。11月6日我和地区局领导研究制定了救灾方案后，连夜又赶回北京，参加邮电部电信总局召开的"全国移动通信会议"。

汛期报汛

每年汛期来临，省局都要临时组织报汛电台，到主要水库、电厂、水文站、水电站担任汛期报汛任务。这项工作时间性强，责任性大，组织起来有一定的难度。尤其是在1976年，又防汛又防震，一下子要派出十五部电台（其中三部是防震电台），需要临时抽调四十多名无线报务员，中间还需要抽调轮换人员，简直把我忙得不亦乐乎。到了大汛来临之前，还得配合省防汛抗旱指挥部和省水文总站，深入到各个防汛台、站，进行巡回检查。防汛工作虽然是一项季节性工作，由于时间性强，责任重大，在整个汛期中不得有任何疏忽和闪失。

1976年7月21日上午9点钟，接到霍县电厂电话申告，说我们的报汛电台误了事，洪水灌入冷却水池，造成80万千瓦发电机组被迫停产，要求追究责任，赔偿损失。

接到电话申告后，7月25日我和省电力厅总工办的吴清山工程师前往调查事故原因。调查结果是，造成事故的原因是电厂设备维修不到位造成的。当时电厂接到灵石南关水文站报汛电台的紧急水情电报后，因冷却水池进水闸门启动不了，不能及时关闭闸门，造成洪水灌入冷却水池，导致发电机组被迫停产，责任完全不在我方。

1979年，通过培训人员，规划网络，帮助水利部门组建了户的无线通信网络。从1981年起，我们就不再担负水利部门的汛期报汛任务，从而结束了邮电部门二十多年来出台报汛的历史。

气象通信

国家气象部门属于事业单位，它所担负的工作任务纯属公益性事业。气象部门每天发布的气象预报，直接服务于工业、农业、航空、航海、国防、科研和人民生活。人们只知道气象预报是气象部门免费提供的，但却不知道气象电报的传递邮电部门做了多少工作，付出多大代价。

气象通信看起来好像不属于应急通信范围，但气象电报的级别很高，在我国《电报业务规程》中，属于一类电报，国际上称其为

"OBS"电报。气象电报有专门的电报格式和电报用纸,电报纸上贴有红色标签,在传递过程中,优先传递,传递时限不得超过8分钟。

气象台、站遍布全国各地,各气象台、站收集到的气象资料,全部要通过邮电部门传递,为了确保气象电报的及时传递,当有线电路阻断时,各地邮电部门必须及时开通无线电路来保证气象电报的传递时限。

气象电报的传递,不仅要依靠有线通信全程全网提供优质服务。同时还需要无线专用设备昼夜不停提供气象广播业务。为了完成这一任务,1966年3月5日,太原市电信局就专门为省气象部门设立了无线电发信台,安装了四部1000瓦发射机(三主一备),用三个不同频率同步发射一个信号,主要服务于民航导航台、宁夏固原、山东昌潍、河北承德、内蒙古呼伦贝尔等气象台站和东北亚各国。1977年根据省气象局的要求,气象广播业务的发射功率,由原来的1000瓦增加到1600瓦。

我国是国际气象组织主要成员国之一,我国为国际气象组织提供的气象资料和服务质量,无论是高空报还是地面报都处于世界领先水平。1977年9月1日,国际气象组织抽查我国的国际气象电报,我国的地面报去报率为98.90%,居世界第一。高空报去报率为95.50%,居世界第二。我省参加国际气象组织气象资料交流的气象台站有:五台山、原平、河曲、介休、榆社、阳城、运城、隰县气象站,雁北、吕梁气象台和省气象局的观象站。

1984年,由国家气象局投资建设的华北气象基地发射中心正式建成投产。1985年1月1日,气象广播业务正式由气象发射中心接替,邮电部门服务了近二十年的莫尔斯气象广播业务同时停开。此项业务停开后,原来的发信台正式撤除,仅此一举就给邮电部门造成直接经济损失达150多万元。

特殊任务

在现代科学技术条件下，电子对抗战术，是敌对国家之间策反与反策反、干扰与反干扰斗争的一种常用技术手段，干扰广播就是其中的一种。两个敌对国家或地区，用同样的技术手段，进行针锋相对的斗争，你用哪个无线电频率广播，我就用哪个无线电频率干扰，你的发射功率大，我的发射功率比你还大，你广播多长时间，我就干扰多长时间，让对方的策反广播，达不到预期目的。

1982年我国的干扰广播停开后，敌对电台的策反活动十分嚣张。为了开展对敌斗争，1983年中央决定恢复干扰广播，具体实施办法，责成国家广电部负责。为尽快恢复干扰广播，广电部接受任务后，决定租用邮电部门12部大功率发射机。

1984年9月，租台签约会议在上海召开，广电部、邮电部、各国际电台和有国际电台的相关省、市、自治区邮电管理局的代表出席了会议。会议开了10天，会上就开通干扰广播业务的一些细节问题，作了安排部署，并签订了租台合同，合同暂定为五年。

根据上海会议任务分工，山西国际电台只承担了一部发射机任务。为了确保干扰广播业务的按时开播，会后我们根据广播覆盖范围和技术要求，投资五万多元，用最快的速度，最好的质量，架设了一副大型定向天线，并将所用设备进行了全面检修和调测。开播准备工作做好后，经广电部验收合格，于1985年1月10日17点55分正式开播。

由于开通干扰广播业务是一项政治任务，中央要求邮电部门只能保本经营，不能赚钱。所以每台发射机每年只能收取16万元的成本费，这笔费用由国家计委下拨给广电部，广电部再和各国际电台结算。

第七章 教书育人

百年大计，教育第一，办学任教，教书育人，这既是一项千秋伟业，也是一种高尚职业。我虽然没有在正规学校担任过老师，也谈不上桃李满天下，但我在发展我省无线电通信事业中，也为企业，为社会，培养了不少无线电通信人才。

办班任教

1978年10月，省政府决定从省直机关抽调1200名干部，组成四个工作队，分别到屯留、襄垣、晋城和长治县搞基本路线教育，时间是5个月。省局直属机关要抽调25名干部参加，其中有我。正巧省防汛抗旱指挥部要举办一期"无线电报务员培训班"，急需几位老师，听说我要下乡，省防汛抗旱指挥部办公室征得分管农业的赵力之副省长同意，把我从工作队抽下来筹办培训班。

培训班设在太原市北郊区柴村公社办公大楼，培训班领导组组长由省防汛抗旱指挥部办公室刘文才主任兼任，副组长兼教研组组长由我担任。参加培训的学员来自全省11个地、市水利局，各大水库、水电站，另外还给福建省和海南省代培10名学员，参训学员共计63人。老师不够，通过省局从山西国际电台借调了一名机务老师，从山西省邮电学校借调了一名报务老师。

由于班大人多，借到的报务教练机容量太小，满足不了教学需要，为确保培训班按时开课，我自行设计，加班加点，制作了一台大容量教练机。没有教学器材和教材，我们就向兄弟单位求援，确实解决不了的教材，老师们就一边编写，一边讲课。

10月18日培训班正式开课，培训课程主要有报务、机务、译电、保密和业务规程。报务课包括抄报、发报、机上通报和通报用语；机务课包括机务常识、电台架设、机器调测和简单维修；译电课包括明码译电和水情电报的编译；保密课主要是保密制度和保密教育；业务规程课主要是业务处理程序和通报规则。

举办短期培训班，最怕老师请长假。有一次报务老师家里出事，一请假就是35天，报务课又是主要课程，占教学总课时的五分之三，幸亏我的业务技术比较全面，什么课都能代，否则培训班就夭折了。经过5个多月的紧张培训和实习，学员们都具备了独立工作能力，培训班于1979年3月底圆满结束。

集训参赛

我省邮电部门的无线报务员，人员数量较多，技术素质较高，业务技术拔尖的人才，几乎各地、市邮电局都有。为参加省内外举行的各类无线电比赛，我曾以主教练和领队的身份，多次通过层层选拔，集中训练，组队参赛。

1982年5月18日，华北地区五省、市、区"邮电职工无线电比赛"，在北京市密云县举行。我省代表队通过参赛，荣获团体总分第二名，两个单项第一名，一个单项第二名，一个单项第三名。

同年5月25日，又参加了省体委举办的"全省职工无线电比赛"。参赛代表队有邮电、气象、铁路、水利、地质和林业。通过参赛邮电代表队荣获团体冠军；男队囊括两个单项一、二、三名；女队荣获两个单项一、二名。5月31日《山西日报》报道了比赛盛况。

1983年5月18日，山西省体育运动委员会，为选拔参加"全国职工无线电比赛"代表队，又举办了一次"全省职工无线电锦标赛"。参赛代表队有邮电、气象、水利、铁路、林业、地质和民航。通过参赛邮电代表队，男、女队均获得第一名。从而赢得了代表山西省，参加全国比赛的资格。

接受参赛任务后，在省体委军体局的大力支持下，我们对6名参赛运动员，进行了二十多天封闭式集中训练，在训练期间，省军体局的领导多次亲临指导，并提供了训练器械和训练经费。

同年8月12日，"全国职工无线电锦标赛"在甘肃兰州举行。我省代表队（即邮电队）在这次全国性比赛中，男队、女队和少年队均发挥较好，共拿到五个名次，荣获两枚银牌，八枚铜牌。参赛代表队载誉归来后，山西省体育运动委员会，在省体育宾馆举行盛大招待会，对参赛的领队、教练和运动员，为山西取得的成绩和赢得的荣誉表示热烈祝贺。

专业培训

在我从事无线通信管理工作的二十多年里，为了提高专业人员的业务素质和技术水平，更好地完成无线通信任务，我采取专业培训和以会代训的办法，先后在全省八个地、市邮电局和省局培训中心，举办过二十多期专业培训班。如：

1975年在临汾地区邮电局，举办了三期"报务改革"培训班。

1980年在榆次省局培训中心，举办了一期"无线通信管理干部"培训班。

1983 年协助山西省军区通信站，举办了一期"传真机使用维护"培训班。

1985 年在雁北地区邮电局，举办了四期"单边带电台"培训班。将全区十四个市、县局的报务员，普遍轮训了一遍。

1986 年在忻州地区邮电局举办了一期"无线通信技术骨干"培训班。

1987 年先后在运城、吕梁和晋东南地区邮电局，举办了七期"小八一电台"培训班。

1988 年在太原市电信局举办了一期"无线报务员"培训班。

1992 年在榆次省局培训中心，举办了两期"450兆拨号电话系统管理"培训班。

1993 年5月在晋祠省局疗养院，举办了一期"无线寻呼业务规程培训班"。同年5月下旬在太原市电信局晋祠培训中心，举办了一期"移动通信管理干部培训班"。

通过举办各种类型的专业培训班，接受培训的人数多达近千人次。

师生聚会

无线电通信和无线电测向，都属于国防体育运动项目。国家体委设有无线电运动学校，各省、市、区体委设有军体局和国防俱乐部，专门为国家培养无线电运动员和无线电通信人才。

2003 年9月10日，在我国无线电运动项目的开拓者、领导者、原国家无线电运动学校程平（山西人）老校长的积极倡议下，由山西省体育运动委员会军体局老领导、老教练华泽同志牵头，邀请曾在我省无线电运动中做出过贡献、赢得过荣誉的老教练和老运动员，共三十余人，在太原云山饭店，举办了一次师生联谊会。我和我们的领队付长智同志，运动员刘米山、王黎光、高丽娴、邢丽娟、申晓红、邢翠芳、畅庆红等9人，应邀参加了联谊会。

在联谊会上，久别重逢的领队、教练和运动员，欢聚一堂，敞开胸怀，畅叙旧情，共同回顾了过去多次参加全省、全国各项无线电锦标赛时的顽强拼搏，夺魁争冠，披金挂银的热烈情景，无不感到欢欣鼓舞。

联谊会开得很开心、很成功。会后聚餐时，师生们举杯畅饮，相互祝福，皆大欢喜，最后合影留念，并印发了师生联谊手册。

师生联谊会合影

第八章　与众不同

　　我是个没有领导职务、没有高级职称、没有大学文凭的三无干部。但在日常工作中，因工作性质的特殊和工作任务的需要，却有机会参加一些高层会议，接触一些高层领导，也享受了不少超越常规的待遇。

红门赴宴

　　我是个贫农家庭出身的孩子，在我家的亲朋好友中，没有当大官干大事的人，但我偶尔的一次机会在一位部长级领导干部家做过客赴过宴。说起来那还是四十多年前的事，当时我还在山西省地质厅搞机要工作。

　　1960年6月，中共中央办公厅组织的《全国机要工作会议》在北京召开。会议期间举办了一个技术革新成果展览，因展览会上有我的一项技术革新成果，省委办公厅机要秘书处指定秘书处机要科的牛宝贞同志和我一块儿去北京参观展览会。

　　6月21日，我们俩坐火车来到北京，我住在右安门中央组织部招待所，牛宝贞同志住她三姐家。第二天上午我们就去展览会参观，参观完展览会后，牛宝贞同志领我到她三姐家做客。她三姐家住在一个红门高墙的四合院儿里，进了红大门大门的两侧是保安和管家的住处，东西廊房是孩子们的住处，正房中间是个大客厅，两侧是卧室。庭院中间是花池，花池四周还有清水常流的小水渠，整个庭院显得雅静清爽。

牛宝贞同志的三姐夫邝任农，当时是国家民航总局局长（正部级），我们去时他正好出国不在，去莫斯科出差了，她三姐设家宴热情招待了我们。这件事对牛宝贞同志来说算不了什么，因为她常去北京探亲做客。但对我来说，能到一位部长级领导干部家做客赴宴，那简直是一件高不可攀的事。就在这次做客时，我第一次见到了地毯、沙发和电视机，也是第一次观察到高干家庭的居住环境和生活条件。

中专学历

我参加工作时，仅是个初中文化程度，参加工作后带工资上了一年多干部学校，拿到的文凭仅是个"结业证书"。按照国家规定，"结业证书"不算正式文凭，不享受任何待遇。退一步讲，"结业证书"即使算正式文凭，也应该由学校核发才对，这和党政领导机关不应该有关系。但是我却不同，我的中专学历是根据中共中央办公厅、中共中央组织部厅"（机）发[1981]14号"和"组通字[1981]11号"文件规定，于1985年12月由地质矿产部下文，承认"中专学历"，享受"中专待遇"。

我在山西省地质厅搞机要工作时，定的是干部身份。1962年调到山西省邮电管理局搞报务工作时，就变成了生产人员，降成了工人待遇。1975年返回省局，在搞技术维护管理工作期间，我一直是以工代干。到了1984年机关整顿干部队伍时，由于年龄已经超过四十八岁，人事部门不给转干，转不了干就只能享受合同制工人待遇，并且要提前五年退休。

1985年补办了"中专学历"证明后，按照国家规定就自然成了国家干部，享受的是干部聘任制，退休年龄为六十岁，退休金为原工资的95%。与此同时也就进入了知识分子队伍行列。1987年工资普调时，属于较多增加工资范围。

1991年我出国学习时，十个人有九个人的护照为普通护照，唯独我的护照是中华人民共和国公务护照，即政府官员护照。

1997年退休时，我拿到的退休证是中华人民共和国干部退休证，退休证上盖有中华人民共和国人事部的印章。

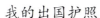

我的出国护照　　　　　　　　我的退休证

劳模待遇

1986年9月11日，我被国务院、中央军委交通战备领导小组授予"全国交通战备先进工作者"荣誉称号。按照常规和惯例，获得"先进工作者"荣誉称号应该属于工会部门的表彰范围。但我却不同，我这个"先进工作者"的荣誉称号是国家和军队联合授予的。

由于省局领导不执行国家有关规定，结果我受表彰后什么待遇也没有享受。八年之后，到了1994年，国务院、中央军委交通战备领导小组办公室，下发了一个〔1994〕交战办字第15号通知。通知重申，"此次表彰当时是经李鹏总理审批的，并征得铁道部、交通部、邮电部的同意，其表彰级别应属于国家部、委级。有关退休后的待遇问题，请以此商有关部门做好有关遗留事宜"。表彰级别明确后，根据国务院国发[1978]104号文件规定，部、省级先进生产者和先进工作者，退休后应享受同级别劳模待遇。1997年我退休时，单位领导仍不予承认。退休后通过多次上访，落实政策，最后终于争取到了这个优异待遇。

按照国家有关规定，部、省级劳模先进退休后的待遇有：退休金为100%，每月享受60元的劳模补充养老保险。养老保险由单位投保，个人享受，最少保十年。如果不到十年本人就过世了，其家属或子女可以继续享受到十年。在分配住房时享有优先权，在医疗费方面比一般退休职工略高一些。

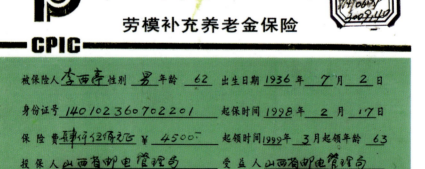

这是我的劳模补充养老金保险卡

接触上级

我的职务直到退休时也就是个"主任科员",我的职称也仅是个"中级工程师"。像我这样的普通干部要想接触部、省级以上领导机关和领导干部,按说是不太可能的,因为中间还隔着好几层领导。但因工作性质的特殊和工作任务的需要,在工作过程中接触部、省级以上领导机关和高层人物的机会比较多。除1986年在参加国务院、中央军委召开的"全国交通战备平战结合会议"上接受过杨尚昆、李鹏、余秋里、杨得志、洪学智等国家和军队领导人的亲切接见,并合影留念外,在平时的工作中,也曾接受过邮电部杨泰芳部长,朱高峰、宋直元、阎晓峰(山西沁县人)、程安玉(山西潞城人)副部长的亲切接见,并合影留念。

在省委、省政府召开的有关会议上和李立功书记,王茂林、白清才、阎武宏、郭裕怀、赵力之、吴达才、吴俊洲、刘泽民、乌杰副省长等领导打过交道,有过接触。

高层会议

我在四十年的革命生涯中,曾荣幸参加过两次国务院直属部门召开的高级别会议。除了1986年9月在北京京西宾馆参加过由国务院、中央军委交通战备领导小组召开的"全国交通战备平战结合会议"外,1990年5月,在新疆乌鲁木齐还参加过由国务院电子信息系统推广应用办公室召开的"全国卫星通信应用试点工作现场总结推广会"。会议在乌鲁木齐昆仑宾馆召开,参加这次会议的有国务院33

个直属部、委、局、办；12个有关生产研制的厂家、公司、研究所和各省、市、自治区的代表共207人。

国务院电子办李祥林主任、邮电部朱高峰副部长、机电部张学东副部长、新疆维吾尔自治区政府毛德华副主席出席了会议。我和省计委的马向东同志代表山西参加了会议。

会议期间听取了有关部门的情况汇报和经验介绍；观看了卫星通信演示；参观了卫星地面站和新疆国际电台。

新疆维吾尔自治区政府非常重视这次会议，在会议结束的前一天，正在北京开会的自治区主席铁木尔，专程从北京赶了回来。听说会议没有安排代表们去天池游览，心里有些过意不去，特意把与会代表挽留了一天，由自治区机关事务管理局，组织了一个庞大的车队，让全体代表去天池游览一天。离开新疆时，自治区政府还特意给每位代表赠送五斤吐鲁番葡萄干，以表达自治区政府对与会代表的关照。

我们去新疆时，是从北京坐飞机直飞乌鲁木齐，早上8点从北京起飞，12点钟以前到达乌鲁木齐，正赶上吃中午饭。返回时从乌鲁木齐坐飞机直飞西安，在飞机上我们尽情地观赏了祖国的大好河山。到西安后陕西省邮电管理局给我们派了一辆小车，让我们到华清池、兵马俑和秦陵尽情地游览了一天。

满载荣誉

我参加工作整四十年，在这四十年里我的工作岗位变更过多次，先后担任过交通员、地质员、教员、学员、机要员、报务员、机务员、科员、处员、统计员。但是不管让干什么工作，我都是干一行，爱一行，专一行。要干就干出个名堂来，以便给后人有个交代。人常说：有一分耕耘就会有一分收获。

1972年，在基层下放锻炼期间，由于研制"晶体管报话机"工作突出，成绩显著，受到山西长途通信总站军管会的通令嘉奖。

1981年，我分管的无线电管理工作因工作突出，成绩显著，被山西省无线电管理委员会，评为"无线电管理先进单位"，并荣获锦旗一面。

1985年，因交通战备工作突出，成绩显著，被山西省人民政府、山西省军区交通战备领导小组评为"山西省交通战备工作先进个人"。

1986年6月，由于献身邮电事业已满35年，为中国邮电事业的发展做出了贡献。中华人民共和国邮电部特发给荣誉证书一份，24K镀金纪念章一枚。

1986年9月，因交通战备工作突出，成绩显著，由省局推荐，经邮电部评审，报国务院、中央军委交通战备领导小组审批。在"全国交通战备平战结合会议"，被国务院、中央军委交通战备领导小组，授予"全国交通战备先进工作者"荣誉称号，并予以奖励。

1987年2月，由于工作突出，成绩显著，在全省邮电工作会议上，被评为"先进工作者"。

1991年10月，因多年从事交通战备工作，为国防交通战备建设做出了贡献。北京军区交通战备领导小组办公室特发给荣誉证书。

1991年11月，因多年从事战备通信工作，成绩显著，被邮电部战备办公室评为"七五期间战备工作先进个人"，并予以奖励。

1991年12月，因多年从事交通战备工作，成绩显著，被山西省人民政府、山西省军区交通战备领导小组评为"'七五'期间交通战备先进工作者"，并予以奖励。

1993年2月，因工作成绩突出，被山西省邮电管理局劳动竞赛委员会评为1992年度"先进工作者"。

国务院、中央军委交通战备领导小组授予的荣誉证书

北京军区交通战备领导小组办公室授予的荣誉证书

省政府、省军区交通战备领导小组授予的荣誉证书

党没忘记

机要工作是一项特殊工作，由于机要人员只能默默奉献不能公开宣扬，所以党内把搞机要工作的人称之为"无名英雄"。由于机要工作的重要性和特殊性，在战争年代里机要人员属于重点保护对象。

我在北京上学时，学的第三门专业是机要专业，结业分配后我只搞过两年半机要工作，后来就改行干了别的工作。

我调离机要工作岗位已经三十年了，可是三十年后党和国家还没有忘记我。1992年9月26日，我接到中共山西省委机要局的一个会议通知。

李西亭同志：

经研究，定于十月五日召开在并机要人员座谈会，会期一天。请你于五日上午8时30分带此通知到中共山西省委办公楼一层多功能会议厅报到，9时准时开会。

中共山西省委机要局
一九九二年九月二十六日

10月5日，我拿着会议通知准时报到参加了会议。出席这次会议的共138人，都是曾经搞过机要工作后又调到不同单位和部门搞了其他工作的人。年龄最大的有七十多岁，年龄最小的只有二十多岁。职务由最高的厅局级领导到处、科员，都有。

会议由省委机要局姚潼涌局长主持，山西省委办公厅万良适秘书长接见了与会人员并讲了话。接着新老朋友和同行们欢聚一堂，回顾过去的战斗历程，畅谈难忘的工作情景，无不欢欣鼓舞。

　　会议结束后全体合影留念，并编印了通讯录。最后中共山西省委机要局还设午宴热情地招待了我们。

省委办公厅万良适秘书长接见参会人员时的合影

第九章　走出国门

　　我这一生能有机会走出国门走向世界，去一个综合国力最强，科学技术最发达的美国，学习人家的先进技术和管理经验，这是一个千载难逢的大好机遇。在美国学习期间我们确实开了眼界，见了世面，长了见识，也享受了不少在国内享受不到的人间欢乐。

接受任务

　　我省的移动通信发展，起步于1991年初，引进设备是美国摩托罗拉公司的900兆蜂窝系统，第一个基站和交换局设在太原市电信局通信枢纽大楼上。根据设备引进合同规定，美方应为我方免费提供技术考察和技术培训。

　　为了加快移动通信工程进度，省局决定设备安装调测与人员技术培训同步进行，这样工程一经初验合格，即可投入试运行。

　　1991年6月27日，省局领导找我谈话，让我和太原市电信局分管生产的胡尚镜副局长带领八位工程技术人员，前往美国芝加哥摩托罗拉公司总部，参加移动通信技术培训，时间大约五到九周，如何组织安排让我和胡尚镜副局长具体商量。

　　接受任务后，为确保技术培训任务圆满完成，我和胡尚镜副局长作了具体分工，他负责行政领导和组织管理，我负责安全工作和技术指导。

在接受出国培训任务之前，出国人员名单省局党组已经审批。出国任务报告，山西省人民政府办公厅早于6月30日就已正式批复，出国护照和签证手续也早已办妥。参加这次出国培训组团的八位工程技术人员是：

鲍晓明，男，34岁，工程师。

王　宏，男，34岁，工程师。

李秀红，女，27岁，技术员。

李　杰，男，23岁，机务员。

段　明，女，23岁，机务员。

籍勇东，男，23岁，机务员。

张卫红，女，23岁，机务员。

林　峰，男，28岁，助理讲师。

以上八位同志，除林峰同志是山西省邮电学校的外，其余七位都是太原市电信局的。

出国准备

这次组团赴美参加技术培训，在省局还是第一次，也是第一批。根据我国外事活动有关政策规定，出国人员在出国之前需要做一些准备工作。如：出国着装、宣传教育、身体检疫等。另外路经北京还得到摩托罗拉公司驻北京办事处，领取往返机票和国际旅行支票等，这些准备工作都由我们自己办理。

出国人员的着装问题，根据国家政策规定，首次出国人员，每人发500元的着装费，让购买一套西装。宣传教育主要是组织出国人员学习外事活动的有关文件，收看注意事项的有关录像，要求出去后，要特别注意组织纪律和人身安全，一定不要单独行动。身体检疫，主要是通过全面体检，每人拿一份身体健康证明书，以应付出入境海关检疫。

在太原的准备工作做好以后，我们于1991年7月27日乘火车离开太原前往北京。离开太原时我们的家属、子女、父母、亲友把我们送上火车，希望我们完成学习任务早日平安回国。因为我们都是第一次出国，而且又是去美国，当时的心情非常激动，但也有些紧张。

到北京后，我们用两天时间办妥了一切手续，定于7月30日上午8点正式离境。因为我们人多行李也多，乘民航班车到首都国际机场不太方便。7月29日下午，我以私人关系找到邮电部邮政总局黄宪明局长，请他帮忙派车把我们送往首都国际机场。

黄宪明局长在调邮政总局任职之前，曾任山西省邮电管理局局长，我们之间的私人关系还可以。当他得知我的来意后，半开玩笑地说，你老兄尽给我出难题，我只有一辆小车你让我怎么送？他一边和我说笑，一边拨通北京市邮政局办公室主任的电话，请他安排人次日早七点钟到邮政公寓把我们送到首都国际机场。打完电话，黄宪明局长笑着和我握了握手，祝我们一路顺利。

日本逗留

1991年7月30日早晨7点钟，接送我们的车准时来到邮政公寓，来的是一辆中巴车，拉了人拉不了行李，拉了行李拉不了人。正当我们着急犯愁时，迎面又来了一辆大轿车，也是来送我们到首都国际机场的。

7点半钟我们来到机场，通过绿色通道办妥海关和边防站的检查手续，进入候机大厅又办了行李托运手续，等候检票登机。据说出国人员只要通过边防站，就等于走出了国门。

检票登机后，飞机8点钟准时起飞。我们乘坐的飞机是北京飞往日本的国际航班。航行路线绕行上海上空，所以从北京到东京连续飞了五个多小时。

飞机飞入日本领空时，首先映入眼帘的是日本富士山上的白雪。随着飞机缓缓下降，逐渐看到日本的田野和村庄。由于日本人口较多，地盘有限，从飞机上可以看到有些城市建筑是建在海洋大陆架的平台上。

北京时间13点半左右，飞机在日本东京成田机场降落。由于日本飞往美国芝加哥的直达国际航班起飞时间是北京时间16点半，所以我们只能在日本成田机场逗留两个多小时。因为我们没有到日本的签证，警方不允许我们走出候机大厅，我们只能隔着窗户玻璃看看机场周围的情景。由于中转换机的旅客较多，候机厅显得有点拥挤和忙乱，但机场工作人员的服务却非常热情周到。在检票登机时我们第一次用英语和机场的服务人员道了声"Thanks，good-bye"。

飞越大洋

北京时间16点半，我们转乘的东京飞往芝加哥的国际直达航班准时起飞，起飞不久就开始飞越太平洋。这趟航班是美国西北航空公司的空中大巴，可运载旅客512位。飞机机舱分前舱、后舱和顶舱三部分，我们十个人有九个人坐在后舱，只有张卫红一个人坐在顶舱。飞机的飞行高度为一万多米，时速为900多公里，飞机上条件很好，饮料食品随意选用，途中连续为旅客播放录像。有时飞机遇到大气流有点颠簸，但没有跌落失重的感觉。坐在飞机上环视周围一望无际，像是遨游太空。往下俯视一片汪洋，心里有点害怕，但愿飞机不要……。进入夜间航行后，由于万米以上高空没有污染和云层遮挡，所以看到天空的星星和月亮分外清晰明亮。

由于飞机是由西向东飞行，太阳光的照射是由东向西移动，所以黑夜时间很短，只有三个多小时。为了不影响旅客睡觉，空中小姐给每位旅客发一个黑色眼罩。由于时差关系国际上规定，去的时候要减一天，回来的时候要加一天。经过十多个小时的连续飞行，北京时间凌晨三点多钟，当地时间下午1点多钟，飞机在芝加哥奥凯尔国际机场安全降落。由于飞机高大，登机舷梯有两层楼高，前后门都能上下人，两个舷梯之间由平台连着，旅客可以选择上下机的走向。下机出港首先要经过入境签证和海关检疫，在提取行李后即可乘车离开机场。到了机场门口，接送我们的车已在等候，结果一清点人数十个人少了一个李秀红，我和胡局长都有些着急。等了几分钟后，李秀红从另一辆车上走了下来，我们这才松了口气。

来到美国

摩托罗拉公司的接待人员把我们接送到一家私人公寓，因事先安排的客房和床位少，让我们两个人睡一张双人床，我们不同意，经过一个多小时交涉，公司才按我们的要求安排了两个三人套房，两个两人套房。生活标准每人每天35美元发给个人支配。一个床位一天69美元，由摩托罗拉公司统一结算。

住宿安排好后，接待人员把我们领到附近一家"状元楼"中餐馆接风。到餐馆后老外让我们点菜，我们不好意思。老外不懂中餐也不知道该点什么菜，最后只好请服务员帮忙。服务员是个中国留学生，姓邓，是山东人，在这个餐馆已经端了八年盘子。服务员小邓说这事好办，华人开饭店，中国人吃请，美国人买单，拣好的贵的上，吃不了打包拿走。

我们住的公寓环境条件很好，给人的感觉是自然生态、宾馆设施、公园环境。自然生态，就是人和动物和谐相处，树上的松鼠、草坪的野兔、水塘的野鸭和田野的大雁都能和人一块儿合影留念。宾馆设施，就是每套住房都有客厅、卧室、浴室、厨房和卫生间。套房内配有空调、冰箱、彩电、电炉灶、电烤箱和微波炉，各种灶具除了没有擀面棍儿外，其余应有尽有，起灶做饭非常方便。公寓院子里，有游泳池和恒温38℃的冲浪浴池。公园环境，就是到处都是草坪、树木和花草，每棵树的根部都是个花池，各种花草五颜六色，争奇斗妍。

我们住的公寓，早饭免费提供，非常丰盛，各种饮料、冲剂、主食、副食，仅瓜果就有八九种，但只能吃喝，不能带走，我们每天只做午饭和晚饭。

紧张学习

我们的住地距摩托罗拉总部培训中心，有30多公里路，乘车需要半个小时左右。7月31日技术培训正式开始，当地时间8点钟之前，接送车准时把我们接送到培训中心的教室门前。讲课老师把我们带入教室，让我们按预先安排的顺序对号入座。因我们人少，一个课桌两个人，五个课桌围了个半圆形，面对着讲台。我们每个人的课桌上都放着碳素笔、记录纸和一大套外文学习资料。

我们这次出国，没有带专职翻译，一切交往活动主要靠我们的北邮高才生李杰同志。老师讲课完全是英语，我们能听懂多少听多少，听不懂的晚上回来互相讨论。学习内容主要是移动通信的网络结构，重点是基站和交换。每周学习五天，每天四节课，上午两节，下午两节，每节课约一百分钟，课间休息20分钟，休息室备有开水、茶水、鸡汤和咖啡免费选用。中午就地休息一个半小时，如果没有自带午餐，可到摩托罗拉总部食堂就餐。第一天我们没有准备午餐，只好在食堂就餐。走进食堂一看，这哪是食堂，简直是食品一条街。长廊两旁全是卖食品的，中餐、西餐、主食、副食、有菜、有汤，任你选择。由于食堂就餐价格较贵，我们只吃了一次，以后就自己起灶自带午餐。

这次学习由于语言文字不同，再加上学习内容科技含量大，困难重重。为了完成学习任务，我们不得不利用一切业余时间，学英语记单词，查字典译课文。我和林峰同志同住一套房间，我多次看到他人已经睡着了，但手里还捧着学习资料，可见我们的学习是何等艰难。

出国参加培训一是要懂英语，二是要会使用电脑。进入实习阶段主要是机上操作，设备系统的软件装载、整机系统的初始化、智能仪表的测试操作等都是通过操作电脑来完成的。

业余时间在自学英语

在教室里认真阅读技术资料

有一次老师让我上机操作，当时我很紧张，因为我对电脑不太熟悉。后来大伙帮忙，他们念哪个英文字母，我就在键盘上敲哪个英文字母，当把全部程序敲完后，打了一个回车键，这时老师看到机器上显示出的结果，喊起了ok！ok！

这次出国培训的人员，培训时间并不一样，参加一般培训的，培训时间是五周。参加重点培训的王宏（基站专业）和李秀红（交换专业），培训时间是九周，我和胡局长参加的是一般培训。经过四周时间的紧张学习，我们提前完成了EMX—100—PLUCE无线电话群系统的操作使用和维护检修培训课程，并拿到摩托罗拉公司技术教育部发的成绩证书。

通过这次培训，我们这些首批参加技术培训的人员，就成了山西移动通信发展的创始人和主要技术骨干。有人把这几位技术骨干称为"山西移动通信的八大金刚"，也有人把我们称为"山西移动通信的黄埔一期学员"。

休闲旅游

生活在美国的人，都有一种同感，那就是工作紧张认真，双休玩得开心。我们在培训期间，利用双休日，公司组织我们公费外出旅游，在芝加哥我们参观游览了自然博物馆、密歇根湖、西北大学校园、大同教堂、中国城、大美国游乐园和世界最高的西尔司摩天大楼。特别是在大美国游乐园玩得最开心，27美元一张门票，玩一天都玩不完。空中索道、遨游太空、水上漂流、水下潜艇、漫游非洲、儿童乐园、旋转塔楼和各种各样的轨道车，让人玩得流连忘返。

学习结束后，摩托罗拉公司给我们安排了三天国内旅游。8月25日，当地时间12点，我们乘坐国内航班离开芝加哥来到明尼苏达州的明尼阿波利斯。明尼阿波利斯是美国西北航空公司总部所在地，我们在机场停留了三个多小时后，转乘夜间航班前往美国西部城市洛杉矶。到洛杉矶后，已是当地时间凌晨一点多钟，接待我们的是台湾宝岛旅行社，我们的住宿安排在洛杉矶蒙特利公园市统帅大酒店。据说这个城区是个华人区，住着30多万华人，到了这个城区就像到了中国，街道商店，单位名称都是中文，购物问路不需要翻译。

8月26日，我们游览了著名的世界环球影城，即美国最大的电影制片厂，在影城里我们乘游览车体验了几个拍电影时的惊险场景，如：模拟水中爆炸，桥梁塌陷，连车带人落入水中，让人心惊胆战。模拟地震，地动山摇，地声隆隆，地光闪闪，顷刻之间路基塌陷游览车向沟下倾斜，眼看就要翻车，结果是有惊无险。模拟山洪暴发，洪水向游览车倾泻而下，游客抱头叫喊，水花溅湿了游客的衣服。在演示场地，水、陆两用摩托遭爆炸袭击后，连车带人腾空而起，落入水中，场景非常惊险。国际上很多著名的惊险片、恐怖片、战争片和故事片都是这个电影制片厂摄制的。

在环球影城，我们还看了一场当时在国内看不到的环视电影。电影院是圆形的，屏幕很大是环形的，人站在电影院的中间，随着电影画面的向前移动，人也跟着360度的环视。看的片子是《蒙古大草原》和《游览西藏拉萨城》。

游览完环球影城，我们来到好莱坞明星街的明星影院门前，观赏了水泥地面上明星们留下的手印、脚印和签名。在返回的途中导游有意识开车绕洛杉矶市中心转了一圈，让我们观赏了一下美国富豪集中的华尔街和议会大厦。

8月27日我们又到迪士尼乐园玩了一天，在迪士尼乐园里，我们看了一场宽银幕立体声战斗影片；坐了坐高架轨道车；观赏了文艺表演队的歌舞表演；欣赏了各种各样的儿童游乐场；最后年轻人还坐了一下惊心动魄的过山车。

台胞情深

我们在美国期间，为我们提供旅游服务的都是台湾人。旅行社是台湾宝岛旅行社，在芝加哥时司机兼导游是台湾留学生郑弘同学。

郑弘在台北大学毕业后先当了几年兵，服役期满自费到美国留学，在芝加哥西北大学攻读博士学位。为了勤工俭学，他利用双休日在宝岛旅行社打工。这孩子很勤奋、很礼貌也很可爱。通过多次为我们提供旅游服务，彼此之间都有了感情。有一次他做了很多冷冻饺子还买了几瓶外国酒，来到我们公寓慰问了我们。

在我们回国告别时，他还特意赠送我一件有纪念意义的小工艺品。并写了一段留言：

李老：

  很高兴认识你，并能为你们服务！希望以后有机会到太原拜访你！

晚辈　郑弘　敬上

  另外我们在游览迪士尼乐园时，还遇到一位台湾纺织女工，她姓林，23岁了。因为她是独自一人第一次到美国旅游，心情有点紧张。见到我们后像是见到亲人，表情轻松了很多。我们一边游览，一边交谈，在交谈中我们问到她的工资收入时，林小姐告诉我们，台湾的生活消费水平比较高，她的工资收入除了正常生活消费外，每年节余的钱可以到美国旅游一趟。

离美回国

  1991年8月28日，我们在美国安排的活动全部结束，当地时间中午12点，我们乘坐洛杉矶直飞上海的国际航班离开美国回国。

  回国的航班6个小时是白天，3个小时是夜航。飞机飞经日本东京上空时，已经是夜幕降临。飞机快到上海时，机组人员给我们每人发了一张入境报关单让我们填写。就在这填单过程中，我突然晕机了，当时头晕、恶心、呕吐、出汗，难受得我真想从飞机上跳下来，报关单也只好让同志们替我填写。8月29日北京时间晚上9点多钟，我们乘坐的飞机在上海虹桥机场安全降落，大家的心这才踏实下来。

  我们出国时是从北京出境的，报关时因和海关发生了争执，报关手续就没有办成。我们一直担心入关时遇到麻烦，结果没有想到上海海关绿灯放行，一路畅通，大伙儿这才松了口气。

　　我们在国外期间，由于公寓、车上和教室里都有空调，虽然是炎热的夏季，但没有感到怎么热，相当于在国外度了个暑假，还过了个有纪念意义的54岁生日。

　　到了上海天气闷热，汗流浃背，不宜久留，我们只休息了两天，9月2日回到太原。9月5日向局领导作了出国学习汇报，从而圆满地完成了出国培训任务。

我们离开美国时的集体合影

异彩人生

美国摩托罗拉公司技术教育部授给我们的学习成绩证书

第十章　了解美国

　　人们要想认识世界，就得走出国门走向世界。只有走出去才能看到天外天，才能知道世界有多大，国家与国家之间区别在哪里，差距在何处。我们在美国待的时间很短，对美国的了解仅是走马观花，一知半解。但通过了解、认识、体会和感受，觉得我国和美国在很多方面没有可比性，特别是在人文道德和社会治理方面那差距太大了，这很值得我们深思。

基本国情

　　美国位于北美洲中部，北临加拿大，南与墨西哥接壤，西面是太平洋，东面是大西洋，有海岸线22680公里，国土总面积为937万多平方公里，是世界第四大国。总人口2.8亿（2006年已达3亿），全国50个州，一百多个民族，三大人种，其中：白人占80%；黑人占11.6%；黄种人占8.4%。在美国60%的人信仰宗教，主要宗教有天主教、基督教、犹太教和东正教。

　　美国原有13个独立州，均为英属殖民地。1775年打响独立战争，1783年宣布建立美利坚合众国。国旗为星条旗；国徽为白头鹰、盾牌和橄榄枝；国歌为星条旗之歌；国鸟为白头鹰；国花为玫瑰。

　　由于美国占有得天独厚的自然条件、丰富多样的矿产资源和两百多年的和平建设，19世纪就成了世界第一工业大国，20世纪成为世界经济大国和军事强国。

我们去的芝加哥，是美国的第二大城市，有200多万人口，它既是美国机械制造工业的中心，也是美国高科技研究开发的中心。美国早已实现了农业机械化、工业现代化和国防信息化，成为世界上科学技术遥遥领先的强国。我们去美国时，当时的美国总统是老布什，那时候的中、美关系还没有完全恢复正常。

社会有序

我们去美国之前，心理上有一种恐惧感，心想去一个敌对的资本主义国家，社会秩序一定是很乱很不安全。到美国后，通过亲身体验，完全不是那么回事。社会治安井然有序，一个人上街也很安全。我们所到之处，除了能看到态度和蔼、工作认真、受人尊敬的交通警察外，在街上看不到着装军人和武装警察。单位和部门没有院墙和保安；公寓和民宅没有防盗门和铁围栏；公话亭还摆放着一大本电话号簿；无人值守的公共厕所里备有洗手液和整叠的纸巾。

有一天晚饭后，我们到公寓附近散步，路边停着一辆黑色小轿车，驾驶室的门窗玻璃没关，驾驶座上还放着一个精美的女士挎包。第二天我们又去散步，那辆小车还在那儿停着，车座上的女士挎包还在，只是车上有一层薄薄的灰尘。

我们离开洛杉矶时，司机把我们送到机场门口，车门开着，车钥匙还在车上插着，大哥大也在车座上放着，司机就帮我们去托运行李了，当时我们提醒司机车门还没有锁上，司机说丢不了，这样做警察不找麻烦，他以为我很快就会走的。

虽然说的都是些生活小事，但是这和我国的社会治安状况相比，却形成明显反差。美国把钢铁都用到农业机械化、工业现代化和国防建设上了，我国却把大量钢铁做了围墙、围栏和防盗门了。

人民友好

我国和美国是两个截然不同的国家，尽管国家与国家之间社会制度不同，政治主张不同，意识形态也不同，但人民与人民之间却是非常友好的。

我们在芝加哥的第一个双休日，去游览密歇根湖，路经一个小树林，有一家美国人祖孙三代，七八口人正在树荫下的草坪上玩排球。当我们走近他们时，老爷子主动向我们招手致意，欢迎我们和他们玩排球。我们一边玩，一边聊天，当他得知我们是来自中国北京时，老爷子微笑着拍了拍胸脯，伸出大拇指喊了几声China ok! China ok!

芝加哥的西尔司塔，号称世界摩天大楼，我们游览西尔司大楼时，排队的人特别多，要排到电梯跟前，需要半个多小时。可是排队的美国人看到我们是外宾，都摆手示意让我们往前走，这样我们就少排了半个多小时的队，优先登上了西尔司大楼。

我们住的公寓和西尔司购物中心之间，隔着一条繁忙的马路，有一次我去西尔司购物中心购物，横过马路时，开车的司机们主动把车停下来，摆了摆手让我过马路，我过了马路后，他们又微笑着向我招了招手表示再见。

还有一次我在超市购完物排队交费，在排队时想起有件东西忘了买，我就离队买去了。买了回来我就排在最后，可是排在前面的人看到我回来了，都招手让我还排在原来的位置。这说明美国人民不仅特别文明礼貌，而且整体素质也很高。

市场调查

在美国工资收入高，消费水平也高，但是老百姓的生活必需品价格并不算高。我们做了一些抽样调查：

1、大米（泰国香米）每公斤2.2美元；

2、白面（加拿大的）每公斤1.6美元；

3、猪肉（不带猪皮的部位肉）每公斤9.0美元；

4、其他肉类（如鸡、牛肉）每公斤3.0美元；

5、鸡蛋每个0.6美元；

6、蔬菜每公斤3.0美元；

7、黄瓜每公斤6.0美元。

我们在美国只住了一个月，自己做饭吃，生活费平均每人每天3.9美元。吃的比在国内好，天天有肉，每周吃两顿饺子，每天午餐都带两个烤鸡腿。这样我们每天可节省生活费31美元，按照当时1比5的外汇比价，折合人民币155元。

中国商品在美国市场上价格都比较便宜，一个便携式调频半导体加耳机才两美元。回国时我所带的东西几乎全是国产的，如半导体、电子表、钓鱼竿和袖珍缝纫机（台湾产）。

吸烟有害，在美国吸烟的人很少，到超市想买包香烟，那得费很长时间才能在阴暗角落里找到，而且看上去很陈旧，不像中国到处都有烟酒店。

美国是个汽车王国，上班的人都有自己的汽车，在上下班时，双向八车道的公路上汽车排得满满的，就像洪水一样向前奔流。美国的汽车市场品牌繁多，价格也不贵，一辆中上等小车，也就是六七千美元。特别是二手车更便宜，400美元就能开回一辆旧车，刚去美国的留学生一般都先买这种车。

所见所闻

在美国，种地的人少，打工、经商的人多。由于市场竞争激烈，无论是小业主还是亿万富翁，都在苦心经营，生怕破产倒闭。多数经商者都是24小时营业，没有双休日和节假日，这些人生活得很紧张、工作也很辛苦。

在美国期间，我们利用郊游的机会，也看了看美国的农作物种植情况。地里种的是高粱、玉米、谷子都是矮个的，但结的穗儿较大，产量较高。耕作技术全是机械化，地里用的除草剂，一根杂草也没有。种的莜麦，只种不收，专供大雁、飞鸟和小动物觅食。我们去美国时，美国已经是连续五年干旱，大片大片的草坪被旱死，但从人民生活和市场供应上看不出受灾的影响。

我们离开洛杉矶时，乘车去机场路经一片大油田，采油设备都完好，但所有机器都没有开动。我们问司机这是不是石油工人罢工了？司机告诉我们，美国有一条法律规定，在和平环境条件下，国内资源尽量不开采或少开采，留给子孙后代用。看来他们在治理国家方面考虑得比较长远。

在美国残疾人受法律保护，停车场都标有残疾人停车车位，正常人不得占用，占了要罚款。商店、超市和公共场所都设有无障碍门，坐轮椅的残疾人出入非常方便。

在美国新闻自由体现得比较明显。我们在美国时，正赶上苏联莫斯科动乱，电视台24小时不加评论地现场转播红场的动态，殴打的场面、烧车的场面、抬着棺材游行的场面都能看到。

去过美国的人，都说美国就是好，有人把美国称之为天堂，其实美国既不是天堂，也不是地狱。只不过是比我们环境条件好一些、工资收入多一些、生活水平高一些、人们活得潇洒一些、玩得开心一些就是了。

美国也不是一切都好——有沿街乞讨的乞丐；有鸡冠发型的朋克儿（嬉皮士）；有抢劫银行的罪犯；有探监排队的人群；有素质较低的黑人；也存在贫富差别大和两极分化严重的问题。

几点思考

美国很重视以人为本，除残疾人受法律保护外，保护儿童也有法律规定。规定要求：十岁以下的孩子，不得单独锁在家里，必须有十五岁以上的人来监护。监护孩子的钟点工，每小时的工资，不得少于3.99美元。

在食品管理方面特别严格，法律规定任何单位和个人，不得在露天场地经营饭菜和食品。在我们国家，马路旁边露天经营早点和夜宵的比比皆是，就连首都东单夜市的小吃摊也是如此。

在美国超过保质期的食品，提前两天处理，处理不了的就销毁了。但在我国食品管理几乎是无法可依，过期的、变质的、发霉的，照样销售没人过问，结果食物中毒事件几乎每天都有发生。

有一次我们问导游，为什么美国街上的人那么少？导游告诉我们，在美国有两个珍惜：一是珍惜人才，在用人问题上，不分国籍、不分民族、不分人种，只要你有真才实学、有创造发明和技术成就，即使你反对我的政治主张我也重用你。不像中国用人偏重政治标准，只要你反对我，你有天大本领，我可弃之不用。确实是，在我国人才管理方面存在不少问题，小病大养的、退居二线的、提前内退的、挂起来不用的，造成人力资源的极大浪费。二是珍惜时间，在美国有成千上万的人，利用8小时以外的时间，在实验室里，在自己家里，动脑筋，想办法，搞小改、小革、小创造、小发明。因为任何一种先进技术和先进设备，都不是一下就十全十美的，总是在使用和实践过程中不断发现问题，不断进行改进才逐步完善的。通过改进和完善使技术更加先进，使设备性能更好更适用，从而获得各种各样的技术专利。不像中国人把宝贵的时间都打了麻将，看了电视，逛了大街，泡了网吧。

美国人65岁才退休。我认为这个规定比较符合客观规律。实践证明人在55—65岁之间，各方面最成熟，正是出成绩，出成果的时候。为什么很多国家的领导人和科学家都在65岁以上，甚至70多岁，可能就是这个道理吧。

在资本主义国家里，美国很有代表性，去了美国别的国家去不去也就无所谓了。实践表明出国考察也好，学习也好，最好多去些中下层人员。因为中下层人员工作在生产第一线，求知愿望高，模仿能力强，出去一看就懂，一学就会，学了马上能用，这对加快我国的四化建设很有好处。改革开放以来出国考察的多数是领导干部，他们出去有用的东西学得不多，享受的东西学了不少。如：很多出国回来的领导，买豪华小轿车，盖超标准福利房，支持子女经商办企业，用各种手段聚敛钱财，这些情况在反腐败斗争中体现得特别明显。

第十一章　步入花甲

花要凋谢人要衰老，这是一种自然规律和必然趋势。人到一定年龄，随着体能退化，体力、精力、魄力、能力都将明显衰退，各种疾病也会相继出现，所以先病退二线，后正式退休，这也是情理之中的事。

病退二线

由于年龄偏大，身体欠佳，再加上几十年的超负荷工作，劳累过度，积劳成疾，重病开始缠身。1993年经山西省中医研究院胃镜检查，确诊我患有糜烂性胃炎和糜烂性贲门炎，经切片化验，肠上皮化生为重度，医生建议马上住院治疗，否则会发生病变。1994年1月5日，我正式住院作中医保守治疗，暂不作胃切除手术。

按照常规和惯例，职工在离岗住院治病期间，其工作应有人临时接替或兼管，但我住院十多个月，工作却没有人接替。为了顾全大局，不让工作受到损失，我只好白天住院吃药打针，晚上加班加点处理工作。有时该开的会还得参加，该讲的课还得去讲，该出的差还得去出。

1994年7月，由于病情没有明显好转，我还没有正式出院。但是我省的无线寻呼联网和移动通信漫游，存在不少技术上的问题，急需我亲自下去处理。为了工作和事业，我不得不向医院请假，带病去长治、晋城等地出差。

随着年龄增大，知识老化，身体欠佳，继续在原岗位上工作，已经有些力不从心了。1994年11月，我出院上班后处领导通知我把工作全部移交给有关人员。由于我分管的工作比较多，在移交时我的工作由四个人来接。无线寻呼部分移交给管长话的同志；移动电话部分移交给管电报的同志；无线电管理部分移交给管战备的同志；技术维护管理部分移交给新调来的同志。从此，我就告别了从事多年的无线电通信管理工作岗位，根据领导的安排，接受了通信值班任务。

绝处逢生

到了1996年10月，我的胃病日趋严重，白天胃疼得不能吃饭，晚上胃疼得不能睡觉，吃什么药也不见效果，我对我的病已经完全绝望了。

也可能是天意，有一天我老伴儿单位有位女工来我家串门，她说中华医学会太原分会坞城路医药经销门市部，有一位坐堂的老中医，专看各种疑难杂症，看得很好。老伴儿劝我说，得病乱求医，你还是去试一试吧，也许这老中医能治好你的病。

第二天我抱着试试看的态度，根据那位女工提供的地址，找到了那位老中医。老中医名叫王玉玺，是山西昔阳县人，年龄有六十多岁，据说他退休前是解放军驻晋工程兵部队医院的一位中医大夫，医术高超，五代祖传。我去一看这位老中医确实名不虚传，他看病与一般医生不同，态度和蔼，诊断细致，双手同时诊六道脉，采用中西医结合，检查很详细很认真。他看了我过去住院的病历和胃镜检查的结果后对我说："你这病是肝气犯胃引起的病变，我先给你开一服药，先把胃里的烂肉清除掉，让它重新长出新肉芽儿，再调理一下就好了。"

这位老中医给我开的第一服药剂量特别大，一共九味药，其中全当归就250克，生黄芪125克，另外还要加三两生姜，一斤鲜羊肉片儿，有的药还得单独炮制。这一服药每天早晚空腹各服一次，连服十一天，服药时如果嫌苦，愿喝咸的可以放点儿盐，愿喝甜的可以放点儿糖。我一共去看了四次，吃了十服药，只花了230块钱。在我看最后一次病时，这位老中医很自信地告诉我，吃完这最后三服药你就不要来了。

结果药吃完以后，我的胃病真的痊愈了，这真是天意显灵，命运注定，神医治病，绝处逢生。从此以后，我无论看什么病，都找这位老中医，花钱不多，看得又好。

我通过看眼病和胃病，得出这样一个道理，能看了病的大夫，并不需要吃很多药，花很多钱。看不了病的大夫，才没完没了地吃药，没完没了地花钱。

六十学徒

1994年，我告别了我的无线通信工作岗位后，领导安排我到通信值班室值班，这一值班就是一年多。通信值班室，定员编制应该是三人，可是我接上值班任务后，24小时就我一个人，回家吃饭也得把值班电话转移到手机上。由于昼夜值班工时太长，一年就等于上了三年班。1996年，我的胃病治好后，身体完全恢复了健康。到了1997年初，由于省局机构体制作了调整，原来的电信处一分为二，分成了运行维护部和业务经营部。分开后的运行维护部，急需一名统计人员，处领导找我谈话让我来接任。

处领导明知道我年近花甲，再有六个月就要退休了，也知道我不会使用计算机，要胜任统计工作有一定难度，为什么又偏让我接任统计工作呢？这真有点让我为难。

但是我也在想，我这一辈子在工作问题上，没有产生过畏难情绪，在完成工作任务上也没有给领导出过难题。既然五十九岁半都熬过来了，为什么只剩下六个月就不能再坚持一下呢？想到这里，我毅然决然地接受了统计工作。不会使用计算机，我就向年轻人虚心请教，我只用了一周时间就学会了用计算机打字、处理文档、做各种统计报表。当月我就把十六种报部的业务报表和六种报局领导的业务报表，按时报出去了。看来人们常说的"活到老，学到老"有一定的道理。

休假疗养

1997年7月，山西邮电工会组织安排了一次活动，让即将退休的处级领导和劳模先进，前往安徽黄山邮电部疗养院休假疗养，时间为十五天，但是名单里边却没有我。得知消息后我去找了工会主席，问他这是怎么回事？工会主席说这是局领导研究定的。

当时省局第一把手出国考察不在，局里由分管邮政的贾副局长主持工作。我把情况向贾副局长反映后，贾副局长说你先别着急，我去查一查档案再说。第二天一上班贾副局长告诉我，档案查过了没有问题，应该享受休假疗养，我已经通知了工会主席和你们处长。

7月5日，我们一行八人由工会副主席宋秀贞同志亲自带队，乘火车离开太原前往黄山，途经南京转车时，我们在中山陵玩了一天。到了黄山后，我们以邮电部疗养院为基地，先后游览了安徽著名的黄山、齐云山、九华山、黟县的西递、歙县的牌坊群和浙江的千岛湖。在游览九华山时，我们还为庙堂修缮每人捐助了十元钱，碑文上还刻上了我们的名字。

这次休假疗养，是我一生中的第一次，虽然时间不长，但玩得很开心。返回时途经上海，上海市邮电工会还特意设宴招待了我们，并给我们预订了回太原的飞机票。这次外出活动，是我退休前的最后一次，从那时候起我就再也没有出去过。

圆满退休

休假疗养已经提示我退休时间即将到来，我也做好了充分的思想准备。为使处里的统计工作不受影响，人事部门也开始抽调人员，准备接替我的工作。

1997年9月25日，我正式接到省局人事处的退休文件通知，通知的批准退休时间是10月1日。退休通知一到，这就意味着我正式退休已进入倒计时，此时此刻我心潮澎湃，思绪万千，回顾四十年的革命生涯和战斗历程，道路曲折坎坷，工作紧张劳累，生活风风雨雨，业绩历历在目，荣誉闪闪发亮，同志友谊长存。

1997年9月30日，是我最后一天上班，我利用这一宝贵时间，给局领导写了一封感谢信，信中写：我于1997年9月30日已经正式退休了。在过去四十年的无线通信工作中，曾得到过党组织和局领导的培养、教育、支持和帮助，在此特表示衷心感谢。同时我也给省内外的同事和好友发了不少信函，表示我在工作上的结束和事业上的告别。当时钟指向下午6点，下班铃声拉响时，我和全处的同志一一握手告别。当我走出机关大院，回首告别工作了三十五年的办公大楼时，心情虽然有些沉重，但思想和精神却感到非常轻松。

日月长久，人生短暂，转眼间六十个春秋岁月一闪而过。最后我对我四十年的工作，做了个自我评价：

跟党革命四十年，尽心尽力做奉献。

业绩条条载文卷，荣誉篇篇后人传。

自感无愧心坦然，终身没有留遗憾。

六十花甲路走完，退休句号可画圆。

后继有人

中国移动通信集团公司成立于2000年4月。由于我国市场广阔，这几年移动通信发展很快，现在的服务范围已覆盖到乡镇农村。目前全国移动用户已超过固定用户，其经济效益和上缴利润，居我国通信行业之首。在国内百强企业中紧随中石化和中油气之后。在世界五百强企业中，营业收入利润高达35%，居世界第二（第一为美国微软公司，其营业收入利润率为41%）。

山西移动通信有限责任公司，在我国加入世界贸易组织之后，被香港收买，其股票在国外上市以后，老外成了中国企业的股东，现享受着外资企业待遇，截至2005年，年上缴利润已突破70亿元，成为我省的龙头企业和利税大户。

山西移动通信是我参与创办起来的，我对山西移动的发展格外关注，对中国移动通信发展的大好局面深感欢欣鼓舞，同时我也为自己能成为一名中国移动的退休职工而感到自豪。遗憾的是这样好的企业，这样好的经济效益和发展前景，我的四个子女没有一个在移动公司上班的。

2006年7月26日（即农历七月初二），是我的七十大寿，也是我退休后的第十个年头。在这之前我的外孙女儿中专毕业后，正好赶上山西移动招工，经过面试合格，孩子荣幸地被录取了。在上岗培训期间，我们鼓励孩子好好学习，争取拿个好成绩，接好姥爷的班。

俗话说："功夫不负有心人"。经过一个月的紧张学习，孩子特别争气，就在我七十岁生日的第二天，喜讯传来！孩子的考试成绩在一百多人中，名列第一。现在孩子已经在移动公司正式上班了，有这样好的接班人，我感到欣慰多了。

活泼可爱的外孙女儿—陈瑛

第十二章　夕阳余辉

　　人在六十岁退休后，多数人还储存着一部分没有释放完的能量，如果身体条件允许，又有技术专长，在安排好晚年生活的同时，完全可以退而不休发挥余热，继续做一些有益的事。

退而不休

　　我是1997年9月30日正式退休的，退休后不久原来的处长调走了，新调来的处长到任后，很快就返聘我们四个退休老头，担任通信值班室的值班任务，这一返聘就是七个年头，这就是说我退休后又接着多上了七年班。在这返聘的七年时间里，企业重组改制发生了一系列重大变化，但我们的通信值班任务却始终没变。

　　通信值班室是一个24小时不能离人的重要工作岗位，它的主要职责是：

　　1、在发生重大通信阻断事故时，对参加通信抢修的人员、车辆、器材和通信电路，实施及时有效的统一指挥调度。

　　2、执行党、政、军领导人活动的通信保障任务。如党和国家领导人下来视察工作，军、科委发射导弹、火箭和卫星等特殊任务的通信保障工作。

　　3、遇到特殊情况和重大问题，负责向上级有关部门和省局有关领导及时请示汇报。同时还负责处理用户对通信服务质量的投诉和申告。

这项工作，有时候很长时间平安无事，有时候遇上复杂的情况，忙个通宵不能睡觉。

单位领导为什么要聘用四个退休老头担负这项工作呢？因为我们这四个退休老头都是原单位、原处室的老前辈，基本情况熟悉，工作经验丰富，业务技术全面，应变能力较强，让我们担负通信值班任务，领导比较放心。

发挥余热

退休返聘，四个人倒班，上班时间又是八小时以外，一个月只上十三个班，工作也不算太忙。为了发挥退休后的余热，我买了工具、仪表、材料和技术资料，利用自己的技术专长，在居委会的大力支持下，开办了一个家电维修部，专门修理各种家用电器和生活器具。

在退休后的十年中，共接待用户求助近万人次；接修各种家用电器和生活器具上万台件；修理项目多达150多个品种。不仅满足了单位、职工、家属和周围街道居民的生活需求，同时也增加了不少个人收入。

在计划经济时代，几年不调一次工资，调一次工资还不一定能轮到自己，即使能轮到自己，一级工资也就是一二十块钱，还得看领导的脸色，根本体现不出人生价值。

在当前的市场经济条件下，有付出就会有回报，有奉献就会有索取。退休后一个人可以干几种工作，挣几份工资，我做了一个统计和比较，退休后五年的经济收入，相当于退休前四十年工资总收入的1.9倍。可见一个人的人生价值，绝不是单位领导所给的那点工资和奖金。同时这也说明改革开放政策，不仅给国家的经济发展带来生机和活力，给个人也带来不少实惠和好处。

2001年因场地原因，家电维修部停办了。但公布了我住的楼层房号和联系电话后，上门求助的人仍然不断。

企业重组

随着市场经济的不断发展，国有企业体制改革步伐也在不断加快，在重组改制过程中，邮电企业发生了巨大变革。

1998年无线寻呼业务首先从邮电主业中剥离出来，隶属国信寻呼集团公司，一年后又划归中国联通集团公司。

1999年1月1日，邮政和电信正式分营，"邮电部"和"邮电局"这些名字也不再使用了，原来的"山西省邮电管理局"也改成"山西省通信管理局"，从而结束了政、企合一，邮、电合营的漫长历史。

1999年8月3日，固定通信和移动通信宣布分家，在这次分家时，离退休职工也一分为二。由于我退休前的专业是无线通信，再加上移动通信又是我参与创办起来的，所以在选择归属去向时，我很自然地选择了移动通信。

2000年4月，中国移动通信集团公司正式成立。2002年北方十省、市移动通信公司被香港收买，其股票在国外上市后，山西移动通信有限责任公司的离退休职工，又从山西移动通信有限责任公司剥离出来，转交给山西通信服务公司管理，直属中国移动集团公司领导。

中国移动通信集团公司成立后，为了强化企业管理，稳定职工队伍，吸引各方人才，有利市场竞争，公司一次花了几十个亿，为全体员工（包括离退休职工）都上了"平安养老保险"。

企业给职工投保上"平安养老保险"，这是一种社会劳动保障的好形式，好办法。比如单位给我投保了7万多元，个人每月可领取养老保险金400多元，而且是终身制。即使企业破产倒闭不存在了，这种保险仍可继续享受，这一待遇多数国有企业职工是享受不到的。

企业的重组改制，打破了邮电企业长期以来垄断经营的局面。紧接着中国电信、中国移动、中国联通、中国网通、中国铁通相继组建，这些通信部门组建后，由于重复建设浪费太大，无序竞争互相拆台，结果给国家、给企业都带来很大经济损失，给企业职工也带来不少后顾之忧。以省局邮电大院为例，重组改制之前邮电通信发展速度很快，经济效益特好，两年集资新建了六栋宿舍大楼，让670多职工住上了新房。大院里有自己的职工医院、子弟学校，电影院、幼儿园、游艺室、澡堂子、理发馆、干洗店、招待所和宾馆。职工、家属充分享受着就近看病、免费入托、上学、洗澡、理发、干洗、看电影。重组改制后，邮电一分为十，经济效益下滑，职工福利下降。医院分给网通、学校推向社会，幼儿园、澡堂子、电影院停办了，洗澡、理发、干洗都成了自费。集中供热只要有一个单位拖着不交费，整个大院的供暖都会受到影响，这也难怪老邮电职工对企业重组改制有一些看法。

保持晚节

由于从小受家庭教育的影响，参加工作后我一直恪守"安分做人，遵纪守法"这个原则，从未做过违规、违纪、违法的事，退休时圆满画了个句号。退休后仍然保持共产党员的理想信念，继续做有用的人，办有益的事。

现在我虽然退休多年了，但在家里也闲不住，经常帮助单位、职工、家属和学生们排忧解难，办一些力所能及的事。如：谁家的电灯不亮、水管漏水、电话不通、遥控不灵、电磁灶不发热、煤气灶不打火、修锁子、配钥匙、修钟表、换电池、打印文件、复印资料，不出大楼、大院就能解决好多问题，而且是随叫随到，随接随修，有求必应，时间不限。

有一次石家庄某单位的一位领导自带车来太原出差，住在邮电招待所，计划第二天一早就走。不料汽车钥匙断了，急得司机直发毛。当时已经是晚上9点多钟了，街上配钥匙的摊点早已收摊。后经问询得知我能配钥匙，司机就找到我家登门求助。我很快就给他加工了一把钥匙，司机高兴得连声表示感谢，走时硬给我留下五块钱的辛苦费。

我这人爱给人排忧解难，为集体办些实事，凡是对群众有益的事，我总要想办法把事办好。2005年11月，我们的宿舍楼要定做一批楼道铁皮柜，物业公司先定做了几个样品柜让住户们选型，结果住户们看了都不满意。后来我亲自动手设计了一个柜子模式，征求意见，大伙都认为我设计的柜子结构合理比较实用。为了把事办好，设计被认可后我亲自找了厂家，订了合同，付了定金，一个月后100个铁皮柜子全做好了，并且还省了1.3万多元，住户们都说我给大伙办了一件大好事。

由于我退休后，在退而不休、发挥余热、反腐倡廉、投诉维权等方面表现突出，曾在2002年和2003年，连续两年被山西移动通信有限责任公司直属机关党委评为"优秀共产党员"，并颁发了荣誉证书，给了物质奖励。

欢度晚年

我有一个好家庭好老伴儿。在我退休之前，我老伴儿全力以赴支持我的事业，家务负担她几乎全部承担了。退休之后她又全身心地关照我的生活，关注我的健康，使我精神愉快，心情舒畅地欢度晚年。

我家妻子给我生了两个儿子两个女儿，孩子们都非常体贴孝敬我们。特别是小女儿经济条件好，尽全力帮我们买新房，安新家，让我们老两口的晚年生活尽量过得温馨舒适一些。

老伴儿和孩子们的合影

小女儿在孝敬父母方面，她有她的一套伦理道德和思想观念。她认为，孝敬父母一定要在父母亲健在时孝敬，让父母亲能看得见，感受得到儿女们的孝心。这比过世后年年上坟烧纸，更为实际更有意义。

2003年8月7日是我的六十七寿辰，小女儿送了我一份大寿礼，花七千块钱给我买了一台我特别喜欢的微机（液晶显示屏带打印机），这给我的晚年生活增添了不少欢乐和兴趣。我和老伴儿退休后的生活水平，已经人均千元以上了，但小女儿每月还给她妈上千元的生活费和医疗费。有一次我和老伴儿因交水、电费闹了个不愉快。小女儿得知后，一下就给了她妈五千元，并告诉我俩以后不要在花钱问题上吵架生气。

我的晚年生活过得比较充实，每天早晨做做操、遛遛狗、散散步。闲时在网上玩儿玩儿游戏、下下象棋、打打台球、看看新闻，收集一些感兴趣的新闻资料。同时利用微机还可以撰写个人自传，打印一些材料，很有情趣。现在我们老俩口是：

住的空调套房，吃的丰富营养。

盖的丝棉绸缎，穿的高档衣裳。

看的数字电视，玩在互联网上。

出行招手打的，花钱就去银行。

固话手机全有，家电成对成双。

生活无忧无虑，心情倍感舒畅。

虽然活在人间，胜似到了天堂。

要问幸福何来，感谢国家和党。

公寓养老

根据2005年全国1%人口抽样调查结果显示，我国65岁以上老年人口已超过一亿多人，这意味着我国人口正处在急剧老龄化时期。为了让这些老年人有一个养老的好环境好条件，党和国家已着手制定政策法规，建立老年公寓示范试点。

2006年9月初，我骑车到太原市南郊区郊游时，在返回的路上看到路旁有个标牌上写着：山西省老年公寓。为了摸清情况，我就到公寓看了看，接待室的李小姐领我把公寓的全部设施参观了一遍，参观完后我觉得这个老年公寓是个休闲疗养和安身养老的好地方。尽管我家的生活条件已经很好了，但我最终还是选择了公寓养老的方式，当时我就填写了入住申请。

山西省老年公寓是一个由山西省民政厅兴办，经省编办批准成立的非营利性公益事业单位，是我省老年人养老的示范试点，地址在太原市南郊区小店镇，距市内约十几公里，交通非常方便。公寓占地面积40000万平方米，规划总投资8000多万元，建筑面积20000平方米，最终可提供500个入住床位。一期工程建了五座二层别墅小楼，可接纳80位老人入住，2005年10月1日已正式建成投入使用。公寓为欧式别墅风格，集绿色、生态、休闲为一体，目前是我省唯一一所规模较大、设施完善、功能齐全的省级综合性老年公寓。其主要特点是：

休养环境生态化。 公寓院内有人工建造的山川、河流、湖泊、岛屿、瀑布、喷泉、小桥、亭台、长廊、树木、花草和大片的绿化带，生态环境十分优美。

养老功能多元化。 公寓相当于三星级宾馆，宽敞明亮的卧室里配有空调、高清闭路电视，卫生间配有热水器，客厅里配有棋牌桌和公用电话，每座小楼里还配有公用冰箱和微波炉。为了满足入住老人们的不同爱好和需求，公寓还设有电教室、影视室、棋牌室、阅览室、书画室、健身房和球台球场。

服务理念人性化。为确保入住老人们的身体健康，公寓设有医务所，配备有专职医护人员，并具有疗养院的医疗护理水平，送药、测体温、量血压、打针、输液都是上门服务。护理人员称老人们都是爷爷、奶奶，给人一种宾至如归的感觉。行动不便的老人上下楼梯和外出散步，都有人搀扶。环园水系两旁铺设有按摩步道，专供老人们晨练走步和饭后散步，为防止老人们发生意外伤害，公寓还建立了一套电子监控系统，如有老人在大院儿活动时病倒摔倒，监控系统可及时发现给予救护。入住老人们每人给配发一套健康指南，并经常组织一些防病健身学术讲座。一日三餐做到营养科学搭配，让老人们生活得温馨舒适。

由于公寓条件优越，收费合理，所以入住排队的人很多。由于我有劳模先进荣誉证书，同等条件可优先照顾，结果我于2006年9月20日就正式入住了老年公寓。考虑到老俩口都在公寓养老，我干脆包了一个房间，经过一段时间试住，我有这样一些感受：

人生好比一艘船，乘风破浪几十年。

在职全力做贡献，退休停泊在港湾。

人人要过老年关，过和过可不一般。

欢渡晚年何处好？老年公寓是乐园。

欧式别墅把家安，环境优美好条件。

异彩人生

服务热情又周到，体贴关爱情深远。

日食三顿营养餐，夜宿有种舒适感。

生活丰富又多彩，一点也不觉孤单。

领导关心常来看，过节慰问送温暖。

虽然身处人世间，胜似天堂活神仙。

老年公寓我所住的欧式别墅

第十三章 投诉维权

在我国，尽管国家的政策法规保护着人民的合法权益，但有些党的基层领导，我行我素，利用手中职权有意无意侵犯他人的合法权益。对待这种领导的办法只能是投诉上访，举报揭发，进行斗争。别无选择。

状告县衙

在史无前例的"文化大革命"中期，两派群众组织由于各自观点不同，在夺权与反夺权和革与保的问题上，斗争得非常激烈，有的地区甚至发生大规模的武斗悲剧。

时任安泽县革命委员会主要领导人王某，由于派性思想作怪，利用手中掌握的权力，对持不同观点的人，实施打击报复。那时候我弟弟在安泽县蒲剧团工作，因和王某的观点不同发生矛盾，县革命委员会做出处分决定，将我弟弟开除公职长达一年之久。

弟弟被开除公职后，由于没有工资收入，生活一度陷入困境，两个孩子养活不了，只好寄托到亲戚家，他自己却东奔西跑到处流浪。后来弟弟来太原找我，让我帮他想个办法，找个出路，我让他先把事情的前因后果写个书面材料。我看了材料后感到安泽县革命委员会的做法有些欠妥，然后我根据弟弟提供的材料，以弟弟的名义给中央写了一封上访信，直接寄到"中央文革"。上访信寄出一个多月后，安泽县革命委员会根据中央的批示精神及时作了平反，撤销对我弟弟的处分决定，恢复名誉，恢复公职，并补发了全部工资。

讨个说法

1986年，我被国务院、中央军委交通战备领导小组授予"全国交通战备先进工作者"荣誉称号后，根据国家有关规定本应享受一级奖励工资，结果局领导不予考虑。退休后应该享受同级别劳模待遇，局领导也不予认可。

退休后为了落实政策，讨个说法，1998年5月15日，我首先上访到《山西工人报》，报社为支持我的投诉，于5月29日在《山西工人报·众声周刊》第一版显著位置全文刊登了我的投诉信。

在取得新闻媒体支持的同时，我又带着有关文件和材料走访了山西省人事厅干部奖惩处。干部奖惩处张毅全处长看了我的材料后说，你回去让你们人事处来个人，我们面对面交代一下政策。人事处的人回来把情况向局长做了汇报后，局长以中央企业不执行地方政策为借口，否定了山西省人事厅的批示。

后来我自己找了局长，我问他地方政府的规定你可以不执行，邮电部的规定你执行不执行？他说那当然执行了。我说你让人事处了解一下兄弟省、市局是怎么执行的。如果人家都没有执行，我就不再提这事了，如果人家都执行了，那我得向你讨个说法。

之后人事处通过调查了解，兄弟省、市局都执行了有关政策。在无可奈何的情况下，局长只好在人事处的请示报告卡片上批了"可以享受"四个字。随后百分之百的退休金待遇，该发的发了，该补的补了。

关于每月60块钱劳模补充养老保险问题，省局也不给办，我又带着有关文件走访了山西省劳模协会。劳模协会的领导看了我的材料后说，符合规定应该享受，马上就给我补办了劳模补充养老保险手续。

以上的上访结果使我悟出这样一个道理：天上不会掉馅儿饼，自己的权益，必须靠自己奋斗去争取，靠别人的施舍和恩惠是不可能得到的。《国际歌》歌词唱得好："不靠神仙皇帝，全靠我们自己。"

举报侵权

山西通信服务公司自组建以来，为加大医疗费管理的改革力度，不顾广大退休职工的强烈反对，在医疗费问题上，大刀阔斧往下砍，三年迈出三大步。先将原来的实报实销制度，改为每人每月医疗费报销不得超过1200元；紧接着在1200元的基础上，又大幅度削减为每人每月报销不得超过300元；后来通过所谓的"职代会"，又把300元削减为190元包干。

特别是在2003年5月，当时正是"非典"蔓延危害极大的关键时刻，党和国家把抗击"非典"确保人民身体健康作为头等大事来抓。可是山西通信服务公司却置广大退休职工的身体健康不顾，又把部分分到新房没退旧房的退休职工的福利费和医疗费强行全部扣发。

以上问题关系到全省上千名退休职工的身体健康，山西通信服务公司如此做法，激起了广大退休职工的强烈不满和极大愤慨，同时也有损一个百强企业的光辉形象。

为了维护广大退休职工的合法权益，我以一个中国共产党党员、移动退休老职工、全国先进工作者的名义给中央写了一封上访信，直接寄给国务院抗"非典"指挥部和中国移动集团公司党组。

集团公司党组接到我的投诉后，立即电话通知山西通信服务公司，批评他们的做法欠妥。事后山西通信服务公司相继把退休职工的医疗费由190元增加到200元，后又增加到230元，没退旧房的退休职工的福利费和医疗费也停止扣发。

明白消费

为了收看数字电视节目，2004年1月份，我花980元钱从太原市有线电视台购买了一台由深圳创维公司生产的C5800型机顶盒儿，并预交了一年的服务费。经过四个月的试收看，我发现电视台在技术处理、节目编排、播放质量和经营管理方面，都存在不少问题。

在技术处理方面。根据有关技术资料介绍，为体现数字电视的高清晰度和高分辨率，确保图像画面的色差效果和像素质量，接收数字信号S端口为首选端口。用户的电视机和创维的机顶盒都设有S端口，但电视台和厂家却不给用户配S端口的连接线。结果用户花的是数字电视的钱，看的是模拟电视的节目。为了解决这个问题，我给深圳创维公司发了一份传真，厂家收到传真后，打来电话向我表示歉意，并用特快专递免费给我寄来一条S端口连接线。

在收取费用方面。根据广电部的规定，机顶盒应由电视台免费提供，而电视台却让用户自己花钱买。根据电视台的收费标准，模拟电视每月收取服务费12元，数字电视每月再加收服务费18元，两项加起来等于一天一块钱。这就是说用户即使只看数字电视，不看模拟电视也得掏两份钱，从而形成重复收费，这显然是不合理的。

为了明白消费，我把上述问题写成书面材料，分别寄给太原市工商局、税务局、物价局和消费者协会。在这些部门的监督和干预下，太原市有线电视台调整了2005年度数字电视服务费。

路见不平

2003 年12月10日，共产党员、退休职工闫银羊同志因脑血管病突发，急救中心将其送到山西省人民医院急诊室抢救。因病情严重医生建议马上住院，但由于山西通信服务公司太原管理中心既不给现金也不给支票，病人因得不到及时抢救治疗，第二天晚上不幸逝世。

事情发生后，太原管理中心的领导不是从自身工作的失误中查问题，找原因，改进管理工作。而是指责家属有过激行为，想用死人压活人。最后公司既没有给死者出讣告，送花圈，也没有给家属报丧葬费。

我认为，闫银羊同志问题的发生，并不是一件偶然的事情，它是太原管理中心长期管理混乱的必然结果：

一、领导不力。太原地区的离退休职工普遍反映，管理中心的领导态度生硬，方法简单，处理问题草率。找他办事脸难看，话难听，事难办。在人命关天的重要时刻，他采取了不负责任的态度。

二、管理松散。事发当天并不是双休日，上午9点钟死者家属去管理中心取住院支票时，领导不在岗上，承办人也不在岗上。几经周折才联系到承办人，承办人的答复是，"住院费自己先垫付，出院后再报销"。

三、有章不循。医疗费管理办法第四条第5款中明确规定，"对一类大病经确诊需要住院治疗的，可以办理不超过5000元的医疗借款"。但在处理闫银羊同志的住院问题上，自己定的章法自己就不执行。

这件事在离退休职工中引起公愤，为伸张正义，抱打不平，我以个人名义向公司领导写了专题报告，要求公司领导立即着手全面整顿太原管理中心。领导该撤换的撤换，人员该调整的调整，制度该完善的完善，管理该强化的强化。否则，闫银羊同志的悲剧，随时可能降临到其他退休职工的头上。

第十四章　回首反思

当一个人走完他的花甲之路后，在回忆往事时，总会想起一些终生难忘的缺憾和教训。这里我讲述一些个人的体会和感受，也许对后人有所启示。

多学技术

人要在社会中生存，就得干活赚钱，有了钱才能养家糊口。要干活赚钱就得学点有用的本领，尤其是要多学一些专业技术。专业技术是没有国界、没有阶级性的，在任何国家和任何社会都用得着。专业技术是创造社会财富的重要手段，只有学习掌握了专业技术，才能做一个真正有用的人才。

人的一生中不可能都是一帆风顺的，在征途中总会遇到一些风风雨雨，坎坎坷坷，甚至遭遇磨难。有的人可能时运不佳，工作多变，不断改行，甚至下岗失业另谋职业。如果你能多学几门专业技术，那就可以相对容易地应付各种复杂情况，这一点我深有体会。

我在北京上学时，一共学了三门专业，结果在工作变动时全用上了还不够。1962年精简压缩时，山西省地质厅来了个拆庙请神，机要专业的饭碗子打了；调到山西省邮电管理局，干了九年报务专业，到了1970年，山西省邮电管理局也来了个拆庙请神，报务专业的饭碗子也打了；下放基层干了五年机务专业，到1976年调回省局改行搞了技术维护管理工作，结果机务专业的饭也吃不成了；在省局搞了二十多年技术维护管理工作，眼看就要退休了，没想到领导和我过不去，专业没有了，岗位也没有了，五十九岁半又改行学徒，搞了计算机统计工作。

据说退了休的人，都有一种失落感和孤独感，但我退休后没有这种感觉。在企业重组改制中，人员优化组合，职工竞争上岗，很多人都怕下岗失业，我也没有这种忧虑。因为我有多门技术专长，就是下了岗退了休，我也有干不完的活儿，赚不完的钱。

在国外单一职业的人比较少，多数人都有好几个职业，8小时以内、8小时以外，双休日、节假日都有工作可干，都有钱可赚。即使有一个职业失业，也不会完全影响到经济收入和正常生活，这就叫"东方不亮西方亮"。现在我国各行各业都处于重大改革时期，随着企业的重组改制和机械化、自动化的提升，单位减员，职工下岗其实是一种正常现象。关键是看你有没有真本事，能不能掌握几门有用的专业技术，如果有就是下了岗也能自谋职业，继续干活赚钱。

顺应潮流

古人曰："人随社会，草随风"，"到什么山上，唱什么歌"。这些话是在告诫人们，生活在社会中，只有学会顺应时代潮流，适应各种环境，才能把握前途命运，求得生存发展。千万不能由着自己的性子来，否则将会遭遇不测风云。

我参加工作四十多年，苦没有少吃，活没有少干，业绩没有少创，荣誉没有少拿，但始终没有提干，原因就是爱给领导提意见，不会处理领导关系，也不懂得按领导意图办事。

1977年国家恢复战备体制后，省局的战备工作一直由我兼任，一兼任就是十四个年头。1991年，邮电部下文要求省局成立专门的战备办公室，级别为副处级，筹备工作由我具体负责。在筹备过程中，我向局里要了一间办公用房；向邮电部要了一辆小车；向省里要了一台微机；专项资金筹集了三万多元。房子、车子、机子、票子、摊子，五子全办好了，结果干部任命时却任用了一个不懂无线专业、没有搞过战备管理工作的人。

这件事对我的触动很大，通过认真反思我得出这样一个教训，那就是在工作中，言谈举止，为人处事，只要不是人格受到侮辱，权利受到侵犯，一般情况下最好不要得罪领导。在和领导发生矛盾时，能忍则忍，能让则让，如果没有必胜的把握，更不能和领导对着干。俗话说，"胳膊扭不过大腿，鸡蛋碰不过石头"，就是这个道理。

但是话又说回来了，在局部小环境和特定的气候条件下，对一个浩然正气、不畏强权的人来说，要让他无条件屈从领导，那也是很难办到的。这就是人们常说的"江山易改，禀性难移"。

把握机遇

人生活在社会中，总有一些亲朋好友，有些亲朋好友身居要职，掌握实权，如果你有急事和难处，需要他们帮忙，那是很容易办到的。但是我这人不善于处理人际关系，也不懂得把握机遇，在处理个人前途问题上，多次失掉有利机会。

李振华副省长是我高平老家的一个远门堂兄，我哥在世时他们俩关系处得很近。我哥任安泽县人民检察院检察长时，只要是来太原出差，总要去李副省长家做做客，拉拉家常。为了给我疏通这个关系，我哥专门给我留下李副省长的通信地址和联系电话，可是我始终没有找过李副省长。

我和省人事厅干部调配处的牛宝贞处长是老同事，早在20世纪60年代我们就有交往。牛处长老公生前曾任山西省委机要局局长，他去世的时候我参加了他的遗体告别仪式。我和牛处长直到现在还保持着通信联系。1985年在转干问题上遇到麻烦，如果当时能找牛处长帮个忙，她只要给山西省邮电管理局人事处打个电话，问题就能解决，但我也没有去找牛处长，硬等到中专学历补办后才转了干。

到了20世纪90年代初，当时山西省邮电管理局有四位局长，一把手和我曾在一个办公室面对面坐了八年，我们俩一起入党，可以说是一个战壕的战友。第二、三把手，原来都是我的下级，后提拔为省局副局长。按说有这样一个好的人际关系，对我后来的发展是非常有利的。但由于自己不会处理人际关系，爱给领导提意见，即使有提干的机遇，也不会有提干的可能。

有一次邮电部在上海召开"全国移动通信工作会议"，会议通知要求每省派两名代表参加（省、市局各一名）。罗副局长得知情况后找我商量，他说："我老家是江苏常州的，多年没有回家了，这次会议能否让我参加，顺便回家看看。"我脑子没拐弯，直接告诉他参加会议的人员名单早已确定并已报给上海，恐怕不好变动了，结果让局长面子上有点儿过不去。这件事如果换另一个人来处理，那就宁可自己不去，也应该让局长去，这就是个不懂得按领导意图办事的典型事例。

孝敬父母

养儿防老，孝敬父母，这是中华民族的传统美德，也是做儿女义不容辞的责任和义务。凡是个有公德意识的人，不管父母给没给过自己优越的条件和优厚的待遇，他都会自觉自愿地去孝敬自己的父母，直到养老送终。

孝敬父母，形式多样，方法多种，各尽其心，量力而行。通常是有钱的出钱，有物的出物，有力的出力，啥也没有的可以在感情上给予父母体贴和关照。至于给多给少，父母是不会计较的。但有条件而不孝敬，甚至恩将仇报，那就不正常了。

在孝敬父母方面，我做得不好。父母健在时，我的工资低，孩子多，生活十分困难，再加上两地生活，相距很远，感情上和生活上也无法体贴关照，看着父母生活有困难，就是帮不上忙，只好把赡养父母的责任和义务分摊到姐姐、哥哥和弟弟身上。等情况好转，父母也都相继过世了，结果想孝敬也孝敬不成。这件事使我和老伴儿感到终身遗憾。为弥补内心的愧疚，我们只能每年遥祭三次香火，来寄托我们的追思。可是这又有什么用呢？在孝敬父母问题上，我的小女儿给我做了个好榜样，在这里我要道一声，"可怜天下女儿心"。

宽以待人

人在社会中生活，要学会严于律己，宽以待人，与人为善，不怕吃亏，多做好事，不做坏事，这样才能处好人际关系，为实现和谐社会献一份爱心，尽一份责任。不要老想着算计别人，坑害别人，看着别人有危难能帮却不帮，甚至见死不救，那样做是会遭报应的。俗话说："恶有恶报，善有善报，不是不报，时辰不到，时辰一到，一切都报。"

1962 年被精简压缩的职工，每人手中都有一份精简证明，上面写着：XX同志，在国家处于三年困难时期，积极响应党的号召，主动报名回农村去，等国家形势好转后，本人愿意复职，国家可以优先考虑。

1966 年我国国民经济形势已经好转，我妻子和孩子们的户口已经返城，为了增加一些工资收入，妻子自己找了个国营接收单位，在去山西省地质厅办理复职调动手续时，地质厅人事处承办人赵XX，不管你怎么说，他就是不给办理。他这一拒办就坑害了我妻子一辈子，直到妻子退休时单位还是个小集体，退休后八年什么待遇都没有，八年后单位卖了厂房才给退休职工办了养老保险。妻子虽然吃了一辈子亏，但现在还健在，这就叫吃亏人长在，好人一生平安！

1978 年冬，安泽县邮电局有位职工，领导派他和司机一块儿去几十公里外的煤矿上拉取暖用煤，返程路经他家时天已大黑，他和司机又累又饿，两人商量了一下就在他家住了一宿，没有想到因劳累过度心脏病突发，当天晚上死在家里。事情发生后，安泽邮电局给省局写了个请示报告，想按工伤处理。同时又给我打了个电话，让我关照一下这事。第二天我去省局劳资处找分管劳保工作的人商量这事，他却不顾政策规定，只强调个人意见，机械地照搬条文说什么死在旅店算工伤，死在家里不算工伤。这件事的不当处理引起地方政府的重视，地方政府出面干预，经过调查，作了妥善处理。由于死者是一位烈属子弟，又是死在执行公务的途中，政府决定按工伤处理，给家属安排了工作，两个子女由国家抚养到十六岁。现在死者的家属、子女都生活得很好。

1983 年国家出台了一项政策，明确规定"六二压"的职工可安排一个子女就业。政策出台后，我亲自找了太原市劳动局白局长，因我是三个子女待业，白局长答应先给解决一个就业指标，但需要自己找接收单位。回来后我找了省局局长和劳资处长，希望省局能帮助安置一下，他们却以中央企业不接收地方指标为理由拒绝了我的请求。与此同时，有的领导不属于"六二压"却可以一次解决三个子女的就业问题。年终时，省局宁可作废四个自然减员指标，也不肯帮我解决一个孩子就业。

来年春天，局长因病住院，托他的秘书给我拿来四个半导体收音机让我帮他修一下。气头上，我让秘书转告他，省局谁的收音机我都给修，就是不给他修，因为他没有修下这条路。

当官掌权，造福一方，做官就是要在为人处事上抱一颗爱心和公心，尽量为大家服务好，尤其不能把事情做绝。别人遇到困难求到你们头上，在你们的职责范围之内，在政策允许的情况下，能帮助解决的问题而不给解决，这是一种不人道的做法，也是一种伤天害理的行为！作为曾经的被伤害者，我也时时告诫自己一定要学会宽容。只有你宽容别人，别人才会宽容你，宽容了别人，其实是给自己赢得了一片海阔天空。

第十五章　家事回忆

过去的家事，已成为历史，若干年后回忆起来，每件事都是一个故事，这些故事有的还真带点儿迷信色彩。

我的父亲

我的父亲生于1895年8月27日（光绪二十一年七月初八），卒于1969年1月8日（农历一九六八年十一月二十日），享年七十四岁。

父亲在世时是个能工巧匠，他一身浩然正气，智慧超人，亦工亦农，多才多艺，铁木石匠样样精通。尤其是彩绘和雕刻是他的拿手绝技，他不看画谱和图纸可以描龙画凤，相互对称。雕刻石狮一次成型，栩栩如生。像逢山开路、遇水架桥、隔山打洞这些技术性活儿他都干过，并培养了一百三十多名弟子。

在个人爱好方面，琴、棋、书、画，吹、拉、弹、唱他都颇感兴趣。可惜老人家年轻的时候，没有赶上个好时代好社会。

父亲的一生，既是艰苦创业的一生，也是默默奉献的一生，在他有生之年曾为家族、为社会做出过不少贡献。早在1922年，他参加过太晋公路的建设；1934年参加过同蒲铁路的建设；1943年在日军的枪口下，保护过党的地下工作者岳阳县县长李志忠同志；为了消灭日本侵略军，他自制石雷支援抗日游击队打鬼子。

1945年，他带着我继母和十二岁的哥哥在高城村给安泽县七四三区烈士陵园刻制过《抗日军政民死难烈士碑》，并在碑头上刻写了"精神不死"四个大字，现在此碑仍然完好地保存在安泽县烈士陵园里，这是他给家人留下的唯一一件能看得到的艺术作品。

1948年父亲参加过临安公路的建设，在七里坡和草峪岭地段组织过施工；在土地改革时期，父亲担任过村农会主任，带领贫下中农打土豪、分田地；解放后，父亲参与过晋南行署组织的广胜寺水电站选址工作。

为让后人不忘先辈的功绩，2002年3月我在给父亲立墓碑时，特意在墓碑的背面刻了十个大字，即"功大千秋颂，德高万代传"，对父亲一生的功绩，给了高度评价。

夜办葬礼

在农村乡下流传着这样一种习俗，父母双亲先过世的是明葬，等到都过世后要举办一个合葬仪式。1974年12月，继母过世后家里人给父母举办合葬仪式。通常人们办丧事，安葬时间都选在午时12点，图个吉利。但我父母亲的合葬时间由于继母的灵柩从县城迟迟运不回来，直到晚上八点多钟才举行了葬礼。冬季的晚上七点多钟天已大黑，继母的灵柩运往墓地时，路上用许多火把照明，从山下到山上排成一条火龙，因情景比较特殊，附近不少村民都出来观看。

在乡下办丧事运灵柩时，总要在灵柩上绑一只大公鸡，据说这是为了把死者的灵魂引导到墓地，安葬时再把大公鸡扔出来。也不知什么缘故，下葬时墓地周围那么多人，哥哥、弟弟和两个姐姐也都在现场，但从墓穴下扔上来的大公鸡，偏偏落在我的头上。用迷信的话来说，这可能是父母亲把生前未尽事宜，都交代给我了。

按照常规办完丧事后，有家业的人家，儿女们都要商量着分配遗产。可是我们家啥也没有，办完丧事后兄弟姐妹只是商量着如何分担父母留下的外债。当时我的经济条件最差，只分担了45块钱的外债，就这也负担不了，最后是三姐替我付了。

三十多个春秋过去了，说起来也怪，后来家里所发生的几件大事，如：2000年弟弟和大姐的丧事；2002年给父母立墓碑、二姐和大哥的丧事；2005年给父母墓地栽树，都是我操办的。

生离死别

弟弟没有儿子，我把不到一岁的小儿子过继给他。孩子长大后不听话，父子关系搞得很紧张，弟弟怀疑儿子不听话是因为我在背后支持教唆，从此就和我产生隔阂，断绝来往。结果他有困难我无法帮忙，他重病在身卧床不起也不允许我去看他。我只好背着他拿些钱托侄女儿给他买药治病。直到他死之前，兄弟俩既没见过面也没说过话。

2000年4月30日，弟弟不幸去世，年仅六十岁。我和妻子得知情况后，马上带着钱和东西赶到他家，协助弟媳处理丧事。5月2日举行完遗体告别仪式后，遗体送往火化场火化。按照常规，到了火化场办完有关手续，将运尸推车交给火化工后，家属到骨灰窗口等着拿骨灰盒就行了。可是那天情况比较特殊，火化工接过推车把尸体箱推上传输带后，他没有让我离开现场，却让我帮他按一下打开炉门的按钮。炉门打开后，他又让我帮他按一下进车按钮。当尸体送进炉内已经开始火化时，预想不到的情况发生了，传输带的链条突然脱落，车子退不出来，炉门关不上。我看着弟弟的上身数次仰动，好像依依不舍地在向我告别。大约三分钟后，事故排除了，炉门关上了，我才含着眼泪，离开了火化现场。

火化进行了半个多小时，骨灰出炉后要先倒入粉碎机内进行粉碎处理。在正常情况下，经过粉碎后的骨灰虽然有些发烫，但不会出现火星亮点。当工作人员把粉碎后的骨灰摊在窗口散热台上散热时，骨灰中却奇怪地出现了一个火星亮点，长时间不灭。我念着弟弟的名字，告诉他放心地走吧，没有完成的事由二哥替你完成。话音刚落，那个火星亮点就熄灭了。人常说，有些人思想僵化，顽固到底，死不回头，看来弟弟死后，还是回头了。

弟弟在世时搞了一辈子舞台艺术工作，非常喜欢音乐，特别是吹打乐。为了让弟弟愉快地离开人间，在迎接骨灰盒时，我特意给他请了吹打乐队，在一片音乐声中，我和苦命的弟弟作了最后的告别。

弟弟在世时曾参与过电视剧《上党战役》的摄制工作，主要负责剧组道具。事情也巧，就在弟弟过世的那几天，山西电视台每天晚上重播两集《上党战役》。弟弟虽然已经走了，但他的名字天天出现在电视剧字幕中，令我欣慰。

了结恩怨

我们兄弟姐妹六个。大姐小时候家境比较好，全家人都宠着她。我还记得她结婚时家里人为她大操大办的热闹场面。1941年全家从老家迁出时，老家的一份家业全给大姐留下了，我们小时候吃的那些苦，受的那些罪，大姐基本没有体验过。

按说大姐是长女，在关照弟妹和孝敬父母方面，她应该率先垂范走在前面。但是在我们处于最困难的时候，她没有帮一点忙，尤其是父母病逝后通知了她，她既没有来人，也没有来信，姊妹们对她很有看法。正因为如此，半个多世纪以来，姐弟之间几乎没有什么走动和来往。

2000年11月21日，大哥接到大姐病逝的电话，没有和我们商量就答复外甥们，丧事你们自己办吧，别的话啥也没说。我和妻子得知情况后，觉得这样处理有些欠妥，大姐过世了，娘家还有人，既然有人就应该有所表示才对。

当时我正在省局值班室值班，打长途电话比较方便，赶紧拨通高平县移动通信主管领导的电话，让他先垫上500块钱，用400元给我们姐弟四个上四份礼，100元买个大花圈派人送去。上午打完电话，中午事就办妥了。外甥们收到礼金和花圈后非常满意，并把葬礼的全过程都录了像事后给我们看。村里人也感到惊奇，太原离高平那么远，怎么这么快就能把花圈送来了？

经过这样处理后，历经半个多世纪的姐弟之间的恩恩怨怨也就了结了。事后，大外甥女和小外甥特意来太原看望了我们，并留了些钱，还让我们看了看举行葬礼的录像。

永久怀念

父亲在世时，给别人家刻制过无数块墓碑，到头来自己的墓前却是光秃秃的。其实给父母立墓碑的事，我们早有想法。早在20世纪70年代，我和弟弟就花120元钱买了两块抛光花岗岩板材，从太原运回安泽县大哥家，让大哥负责刻字立碑。可是大哥没把立碑当回事，一直拖了二十多年也没有完成任务。后来弟弟过世了，哥哥又没有积极性，看来给父母立碑的事，只有我来完成了。

2002年清明节前（当时大哥和二姐还没有过世），我在太原定做了墓碑，碑的质地是大同产的黑色抛光花岗岩，尺寸高150厘米，宽80厘米，厚8厘米，黑底金字，高雅肃穆。墓碑做好后，我找了一辆客货两用车，连墓碑带立碑用的水泥、沙子、石子和耐火砖，一车全拉上了。3月9日从太原拉回去，第二天在乡亲们的帮助下，只用了三个多小时就把墓碑立好了。墓碑立好后，姐姐、哥哥和弟媳各分摊了一份钱。这样我们多年的想法和心愿也就了结了。

为了永久怀念父母，2005年清明节前，我又委托侄子们给父母的墓地周围栽了六棵柏树，象征着我们六个儿女在老人们身边守护着。

2005年8月13日，是父亲一百一十岁诞辰，我和老伴、弟媳、三姐到父母墓地搞了一次悼念活动，这也可能是最后一次，因为老天爷留给我和三姐的时间也不多了。

有些事情是很难预测的，谁能想到仅三年时间兄弟姐妹六个就走了四个，现在只剩我和三姐了。说起来也怪，我托侄子们栽的六棵柏树因干旱缺水只成活了三棵，成活的这三棵树，或许是代表着我们三兄弟吧？

精神遗产

有时候我也在想，人生在世，总有一死，百年之后，能给子孙后代留点什么有纪念意义的精神遗产？想来想去想了这么三件东西。

第一件是， 1986年9月11日，国务院、中央军委交通战备领导小

组在授予我"全国交通战备先进工作者"荣誉称号的同时，还奖给我一台带日历的高级石英钟。这台石英钟，一年更换一节电池，一分不停，一秒不差，默默无闻地为我家服务了二十多年。因为它是国家和军队给我的最高奖赏，所以它既有实用价值，又有纪念意义。

第二件是，1998年6月，中华人民共和国邮电部为了激励广大邮电职工爱岗敬业，为邮电通信的发展做出更大贡献，特向在邮电系统累计工作年限男满三十五年、女满三十年的职工，颁发了荣誉证书和一枚直径为6.5厘米，24K镀金纪念章，以资鼓励。纪念章的正面图案上方为毛主席亲笔题写的"人民邮电"字样。图案下方为鸿雁在万里长城上空翱翔，象征我国邮电事业蓬勃发展、前程辉煌。纪念章的背面图案上方，写着献身邮电30/35周年，中间为邮电徽，下边落款为中华人民共和国邮电部。

这枚镀金纪念章，个儿大含金量高，既有收藏价值，又有纪念意义。因为这枚纪念章颁发后不久，中华人民共和国邮电部就被中华人民共和国信息产业部代替了，所以还有一定的历史意义。

第三件是，2003年7月1日，我在共产党员"创先争优"活动中，被山西移动通信有限责任公司直属机关党委评为"优秀共产党员"，并颁发了荣誉证书和一块铜制奖牌。由于奖牌上的名字、图案和文字都是定做时直接刻上去的，所以有一定的收藏价值。

以上三件物品，作为精神遗产留给子孙后代，也许会有一定的教育作用和纪念意义，可以以此激励后人勤奋学习、努力工作、不甘落后、争当先进。

第十六章　旅游观光

　　我热爱生活，更热爱大自然，我喜欢游泳、爬山、摄影和旅游。我在退休之前，曾利用出差、出国和休假疗养的机会，尽情地享受了旅游观光和游山玩水的乐趣。

预览天下

　　我这一生，社会活动范围比较广，去的地方也比较多，有些地方是一般人去不了的。

　　省内。我走遍了全省十一个地、市，去过八十四个市、县。我的社会活动足迹遍及中条、吕梁、太行和太岳。

　　国内。我去过二十一个省、市、自治区的九十三个市、县、区。其中所去过的城市有：

　　吉林：长春、延吉、图们、珲春。

　　辽宁：沈阳市。

　　北京：北京、通州、延庆、昌平、密云、怀柔。

　　天津：天津、蓟县、宝坻、塘沽、静海。

　　河北：石家庄、秦皇岛、北戴河、张家口、唐山、丰润、承德、黄骅、任丘、涞源、怀来、蔚县、宣化、易县、沧州。

　　内蒙古：呼和浩特、乌兰图格、武川、集宁、丰镇。

　　山东：济南、青岛、潍坊、寿县、东营、泰安、曲阜。

河南：郑州、洛阳、新乡、焦作。

江苏：南京、苏州、镇江、扬州、无锡。

浙江：杭州、萧山、淳安。

上海：上海、真如、七宝。

安徽：黄山、歙县、青阳。

湖南：长沙、益阳、常德、大庸。

湖北：武汉、襄樊、南漳。

广东:广州、深圳、珠海、中山、江门、佛山、恩平。

广西：南宁、凭祥、北海、防城、东兴。

海南：海口市。

四川：成都、眉山、乐山、峨眉。

重庆：重庆市。

陕西：西安、宝鸡、临潼、府谷、周至。

新疆：乌鲁木齐、阜康。

国外。去过日本的东京；美国的芝加哥、洛杉矶、明尼阿波利斯；另外在边防前线踏上过苏联、朝鲜和越南的领土。

游山玩水

游山玩水，是人们生活中的一大乐趣。改革开放以后，随着社会经济的发展，生活水平的提高，旅游事业的发展已经成为人民生活中的一大热点。我在退休之前，借出差、出国的机会，游览过很多名山、名关、江河、湖海和名胜古迹。

游山：游览过新疆的天山；四川的乐山、峨眉山；江苏的钟山、天平山；安徽的黄山、齐云山、九华山；陕西的骊山；山东的泰山；天津的盘山；湖南的张家界；广西的法卡山、金鸡山和十万大山；

山西的恒山、卦山、龙山、五台山、中条山、武当山、老顶山、狮垴山、周公山等。

玩水：跨越过长江、湘江、图们江；黄河、淮河、大运河；游览过西湖、太湖、千岛湖和美国的密歇根湖；轮渡过渤海、南海、北部湾；去过密云水库、官厅水库、册田水库、汾河水库、后弯水库、漳泽水库、任庄水库、文峪河水库；另外在美国坐游览潜水艇观赏过海底世界。

走关：走出过山西的宁武关、雁门关、平型关、娘子关；北京的居庸关；河北的山海关；广西的友谊关。

观光：游览过北京的故宫、中南海、大会堂、纪念堂、颐和园、十三陵；遵化的清东陵，易县的清西陵，承德的避暑山庄；西安的碑林，临潼的秦陵、华清池、兵马俑，周至的周公庙；洛阳的地宫、白马寺、龙门石窟；长春的故宫、电影制片厂；深圳的锦绣中华和民俗村；香港的沙头角；曲阜的孔庙、孔林；山西的关帝庙、永乐宫、广胜寺、悬空寺和云冈石窟等。

空中之旅

我家客厅的墙上，挂着两幅地图，一幅是中国地图，一幅是世界地图。地图上勾画着许多红线，表示我在因公外出期间，空间活动的路线和范围。

在当代社会中，最快捷的交通工具是飞机。在国外，人们为了节省宝贵的时间，提高工作效率，乘坐飞机是社会活动的首选交通工具。在我国由于飞机票价昂贵，因公出差一般不让坐飞机。由于我因公出差时间性强，单位也有钱，乘坐飞机局领导一般不卡。

在我参加工作的四十多年里，特别是在最后的十几年里，坐飞机的机会较多，省内、国内、国际航班都坐过。例如：

省内航班有： 太原—长治，长治—太原，大同—长治；

国内航班有： 太原—广州，广州—太原，太原—深圳，太原—长沙，长沙—海口，海口—北海，北海—长沙，长沙—北京，北京—太原，北京—乌鲁木齐，乌鲁木齐—西安，北京—南宁，上海—太原等。

国际航班有： 北京—东京，东京—芝加哥，芝加哥—明尼阿波利斯，明尼阿波利斯—洛杉矶，洛杉矶—上海。

乘坐的飞机最小的可坐18人（海口—北海），最大的可坐512人（东京—芝加哥）。从飞机上俯瞰祖国大地，锦绣河山美丽壮观；飞出祖国领空看到世界之大，使人感到惊叹。回忆起来，坐了几十次飞机都平安无事，这也是一件值得庆幸的事。

海上油田

一提到油田，人们很自然会想到大庆油田、胜利油田、大港油田、任丘油田等。我要讲的油田，不是陆地上的油田，而是大海上的油田。

1978年4月，"华北地区战备通信会议"在天津塘沽召开。会议最后一天安排与会代表去渤海湾海上油田参观。参观的那天天气很好，天空晴朗无云，海上风平浪静。早上8点钟我们乘车来到塘沽码头，登上一艘停泊在码头的交通轮。这艘轮船长约四十五米，宽约十米，船上没有船舱，只是临时摆了很多椅子，坐在上面视野宽广，心情舒畅。8点半钟轮船驶出港口，以每小时11海里的速度驶向大海。随着时间的推移，大陆渐渐从视平线中消失，周围一片汪洋。两个多小时后，在轮船行驶的前方不远处出现了两根火舌，这表明快到海上油田了。

到了油田我们通过舷梯登上采油平台，采油平台全是钢管儿和钢板焊接而成。平台上有采油工人的工作室、宿舍、食堂和俱乐部。根据油田领导介绍，油田距离大陆大约有80多公里，水深约九米，平台距水面的高度为八米，为了节省钢材，便于管理，每个采油平台上都有五个采油管儿，其中一个是竖管儿，四个是斜管儿。三个大储油罐，每个容量为500吨，同时可以向一艘油轮装油。天然气是开采石油的副产品，在无法利用的情况下，为了安全必须把它烧掉，这两个喷火塔，每年要白白烧掉4亿多立方米的天然气，真有点可惜。

参观完油田我们在职工食堂和采油工人共进午餐，体验了一下采油工人的生活。下午4点多钟返回塘沽，一共玩儿了八个多小时。这次出海参观，是我第一次离开陆地驶向大海，体验了一下海上生活。轮船在海上行驶，前面是船头激起的浪花，后边是船体划出的一道长长的浪波，成群结队的海鸥跟在船后，好像是在浪波中抢着觅食。在大海上唯有海鸥可以自由生存，渴了喝点海水，饿了吃点海味，累了就卧浮在海面上，把头藏在翅膀下，一边睡觉，一边随着风浪飘游，生活得非常自在。人们常说水面是平的，其实到了大海上海平面并不平，原因是地球是个圆的，附在地球表面的海平面也有个曲率问题，所以当两只船在海上对开时，双方首先看到的是对方的桅杆，随着两船距离的靠近，曲率的缩小，最后才慢慢看到对方的船体。

内蒙草原

1979 年10月，"华北地区战备通信会议"在内蒙古呼和浩特市召开，借这次出差的机会我们有幸去内蒙古大草原游览了一天，体验了一下草原牧民的生活。

去草原的那天，天气是个阴天，我们乘车翻过大青山，途经武川县，行车两个多小时，来到乌兰察布盟达茂联合旗的乌兰图格公社大草原。

来到草原后，我们感到特别兴奋和好奇，首先参观了蒙古包，品尝了奶茶和奶酪。在吃午饭时，我们又体验了一下蒙古族的风俗人情。酒席摆好后，先是主、宾唱祝酒歌，唱完歌相互敬酒。吃的饭菜和汉族大致相同，不同的是多一道半生半熟的全羊手扒肉。

在牧场我们骑了骑骆驼，骑了骑马，还跟着羊群在一望无际的大草原上尽情玩了两个多小时。在旅游景点，我们还游览了喇嘛庙，并合影留念。

也可能是老天爷在照顾我们，游览结束后，在返程途中天下起了大雨，一直下到第二天早上。上午雨停云散天气变晴，下午我们又在呼和浩特市赛马场，观赏了一场精彩的赛马表演。

自然风光

1993年5月23日，邮电部电信总局在湖南大庸召开"全国无线寻呼研讨会"，与会代表先在长沙集中，然后坐汽车统一到大庸。为什么要把这次会议的会址选在湖南大庸呢？主要考虑在会议期间能让来自国内外的与会代表，有机会到国家自然保护区及世界自然保护遗产的张家界，观赏一下自然生态的美好景观。

长沙到大庸大约有四百多公里，坐汽车需要十多个小时，途经常德吃了顿午饭，休息了一个小时，到了大庸已经是晚上8点多钟了，会议地址设在大庸邮电部疗养院。

因为这次会议带有旅游、疗养性质，所以我带着老伴儿一块儿去了。会议期间我们去张家界游览了两次，第一次是去天门山游览，主要观赏原始森林的自然风光，奇松怪石和古代庙堂。因上下山的道路陡峭艰险，老伴儿身体不太适应，只好花钱坐上滑竿抬椅。

第二次是去黄龙洞游览，主要观赏山体岩洞里的自然景观。黄龙洞洞口很小，但里边很大，据导游介绍里边可以容纳一万多人。洞里有山，有水，有河流，我们进去得先坐汽艇才能到达岩洞深处，岩洞里边有各种姿态奇特的钟乳石，在彩色灯光的衬托下显得绚丽多彩十分美观。我们在里边也不知道走了多少路，游了两个多小时才游完。

会议结束后，我们返回长沙又玩儿了一天，游览了长沙市区和位于湘江中的橘子洲头。

风筝之乡

山东潍坊，号称我国风筝之乡，每年春暖花开季节，都要举办一次风筝放飞盛会，来自全国各地的风筝爱好者，云集潍坊尽情施展风筝才艺。改革开放后，为了扩大国际影响，吸引更多的外商来潍坊投资办厂，国家决定把一年一次的风筝会，扩大成潍坊国际风筝节。

1994年4月20日国际风筝节在山东潍坊举办时，我和老伴应潍坊华光通信公司和潍坊无线电八厂的邀请，亲临潍坊观赏了这次国际风筝节的盛况。

4月20日那天是个阴天，放风筝的场地选在潍坊浮烟山上一块平地上，场地有一个足球场那么大，参加风筝放飞表演的有来自全国各地和世界各国的风筝爱好者。由于观赏的人太多，有票的人凭票入场，没票的人只能在场外观赏。

异彩人生

上午9点钟先举行了开幕式，紧接着是放飞开始。片刻间天空飞满了各种各样的风筝，场内场外都挤满了观赏的人群。放飞的风筝最小的有小燕子风筝，最大的有几十米长的蜈蚣风筝和长龙风筝，情景非常壮观。在风筝放飞过程中，我们看到有几个记者和一些年轻人拿着照相机尾追着一个身材较胖的小伙子，问明情况后才得知，那个胖小伙子是毛主席嫡孙、军事科学院研究员毛新宇博士。

晚上我们在潍坊体育场观看了一场内容丰富多彩的文艺晚会，晚会由中央电视台著名主持人倪萍同志主持，因为倪萍老家是山东的，在主持节目时她一会儿说普通话，一会儿说家乡话，让人感到很有特色。晚会晚上8点钟开始，一直演出到12点多才结束。

第二天上午，我们参观了厂家的通信设备展览。下午游览了潍坊的市容市貌和风筝市场。晚上厂家又组织我们观赏了四川自贡的彩灯展览。

看完风筝放飞盛况，在离开潍坊前往青岛时，潍坊无线电八厂赠送了我几个漂亮的风筝，祝愿我一路顺风。潍坊华光通信公司赠送了我一个刻有一百个"寿"字的红木拐杖，祝愿我健康长寿。

北海银滩

1997年4月初，邮电部电信总局在广西北海召开"全国统计工作会议"。因为我最后改行搞了统计工作，所以我也参加了这次会议，成为与会代表中年龄最大，但统计工龄最短的代表。我去北海时，从太原坐飞机经长沙到海口，到了海口再换乘小飞机到北海。

会议开了四天，借这次会议的机会，我们尽情地享受了一下著名海滨城市北海的自然生态和美好风光。会议期间，我们去著名的北海银滩玩儿了两次。

第一次去是白天，当时天气阳光明媚，气候凉爽，白色沙滩，平坦宽广。我们下海游了游泳，上岸冲了个淡水澡，在海滩还捡了不少海螺和贝壳。

第二次去是晚上，主要是观赏银滩的夜景。我们还放了不少礼花和鞭炮，观赏了世纪坛的灯光夜景，在沙滩上我们还迎着海风散了散步。

有一天上午，我们开完会坐车去吃海鲜。在北方吃海鲜是去海鲜馆，在北海吃海鲜是去海边。我们来到海边，沿海堤岸上都是海鲜馆。我们所吃的各种海鲜都是活的，边捞、边做、边吃。整个一桌大席，全是各种各样的新鲜海味，真称得上名副其实的吃海鲜。

会议最后留了半天时间，让我们去海鲜市场和珍珠市场转了转。北海的珍珠项链全国有名，而且是质高价廉，凡是来北海出差的人，几乎都要买条珍珠项链作为留念，我也不例外的买了两条。

这次会议是我退休之前，参加的最后一次全国性会议，所以很有纪念意义，留下了难忘的记忆。

第十七章　自我保健

　　人常说，身体是革命的本钱，健康是自己的幸福。一个人如果没有个健康的身体，也就没有生活的质量，更谈不上终身幸福。

一次冒险

　　1960 年夏天，那时候我还在地质厅工作，有一天傍晚我在楼顶平台上散步时，看到一个圆形铅罐，出于好奇我想看看铅罐里边放着什么？结果搬开沉重的铅罐盖子一看，里边放着一个小玻璃管儿，玻璃管儿里放着三节像铅笔芯儿似的东西。我把它拿回办公室仔细观察推敲了半天，结果也没有搞清楚这是啥东西？是干什么用的？于是我就漫不经心的顺手把它放进办公桌儿的抽屉里。

　　过了很长一段时间，有一天上午我看到三位物理探矿队的技术人员，每人操作着一台测试仪器，在我办公室周围转来转去。我凑过去问他们，你们在测什么？他们说我们在测一种校正测试仪器用的放射性物质。我说是不是小玻璃管儿里的东西？他们说是，我说我给你们拿去。当我把小玻璃管儿交给他们后，他们告诉我，这是一种稀有贵重的放射性材料，它辐射性很强，危害性也很大，如果不加屏蔽，从很远的地方就能测到它。为了防止对人体产生危害，所以才把它屏蔽在铅罐儿里边。要切记，这可不是随便玩儿的东西。

三位技术人员走后，我心里却紧张起来，因为我观察过它，触摸过它，并和它近距离相处过一段时间，肯定对我的身体已经产生了危害，会不会留下什么后遗症？直到现在我脑子里还留有受放射性物质辐射袭击的阴影。

四十多年过去了，我已经七十多岁了，但身体一直很好，看来那次辐射袭击，对我的身体健康并没有产生多大影响，但这毕竟是一次冒险，应该吸取教训，引以为戒。

病从口入

胃病是我国的一种常见病和多发病，在我国几乎有90%以上的人都患有不同程度的胃病。为什么在我国胃病的发病率会这么高呢？这与人们的饮食习惯和膳食结构有着直接关系。

根据我的分析胃病实际上就是一种饮食烫伤病。中国人吃的是中餐，中餐又是以热食为主，人们在饮食过程中，出锅的饮食温度都在100℃左右，这些滚烫的饭、菜、汤，从锅里到碗里，从碗里到肚里，由于时间短散热冷却不充分，很容易烫伤胃粘膜。如果把胃粘膜烫红了，这叫充血性胃炎。如果把胃粘膜烫得起了水泡，这叫水肿性胃炎。如果水泡破裂，胃粘膜脱落，这就叫胃溃疡。

我不是医生，对医学没有研究，我的分析并不在行，也谈不上什么科学依据，但我却有亲身体会。我在生活中也总结了一下胃病的规律，在家吃热饮食多，胃病就加重了，出差走上一段时间，胃病就减轻了，这是因为食堂、饭店的饮食比家里的饮食温度低的缘故。婴幼儿在哺乳期不得胃病，西方人吃西餐以凉饮食为主，得胃病的很少，可能就是这个道理吧。

由于胃病病人的病灶总是浸泡在胃液中，胃酸对病灶又有腐蚀和刺激作用，尤其是胃溃疡极易感染幽门螺旋杆菌，所以一旦得了胃病，治疗难度大，好的特别慢，也不好根治。

得了胃病，一是要配合医生积极治疗，二是要注意不良饮食习惯的克服和膳食结构的调理。除禁忌滚烫饮食的反复烫伤外，还得注意不喝凉茶和酒类，不吃生蒜、韭菜和辣椒，少吃油烹、油炒、油煎、油炸的食品。因为油炸食品中含有大量焦油（即抽油烟机油杯中接的胶状物）。这种有害身体健康的焦油既对病灶有一定刺激作用，使胃感到不舒服，也容易诱发其他病变。

水是良药

根据医学专家们提供的数据表明，人的体内70%是水分，人可以三天不吃饭，但不能三天不喝水。人体内如果缺了水，身体细胞就会萎缩，生机活力就会减退，血液循环和新陈代谢将会受到影响。实践证明水是最好的饮料，也是最好的良药。

在日常生活中，我很注意用喝水来调节自己的身体状况。每天早晨起床后，中午午休后都要喝一大杯白开水，晚上睡觉前喝一小杯白开水，这样就能保持身体不缺水、不上火、少生病或不生病。有一次因缺水上火引起喉炎，连喝水咽食都疼，我有意识的喝了一些冰糖茶水，第二天喉炎就消除了。现在城市的饮用水有两种，一种是普通的自来水，另一种是加工后的纯净水。自来水随着日趋严重的工业废水污染，水质明显下降。我用美国药物协会认定的水质检验方法，经过电解测试，发现自来水中重金属和酸碱盐等物质含量过大，其导电率为纯净水的10到15倍，对人体有害的沉淀物质为纯净水的3－5倍。不测不知道，一测吓一跳，谁能想到一杯清澈透明的自来水，经过三分钟电沸后，就会沉淀出半杯有害物质。测试结果表明纯净水的水质明显优于自来水。

我在长期饮用纯净水的过程中发现，纯净水由于纯度高，溶解性和渗透性特别强，很容易被人体吸收，有心脑血管病和结石病的人应多饮用纯净水，因为它能溶解结石，稀释血液的黏稠度，有利于人体毛细血管的吸收。我也做过实验，用水垢斑斑的不锈钢茶壶，烧上一段时间纯净水，茶壶里的水垢就完全没有了。另外纯净水无论是直接喝，还是冷热混起来喝，对人体都没有明显危害。

有人说纯净水在净化过程中，把人体所需要的微量元素都给过滤掉了，长期饮用纯净水对人体健康没有好处。这话说得好像有一定道理，不过从电解后的纯净水沉淀物质来看，纯净水并不是绝对纯净的，被过滤掉的物质，其实都是些对人体有害，而不易被人体吸收的物质。

2006年8月，我作了一次全面体检，检查结果除收缩压和间接血红素稍偏高一点儿外，其余各项检查指标均在正常范围之内，什么高血压、高血脂、高血糖都没有，连大夫看了检查结果后都感到惊讶！这说明长期饮用纯净水，对老年人身体健康是有好处的，特别是对心、脑血管病有着预防和治疗的效果。

老年健身

人到一定年龄，随着人体机能的退化，身体开始衰老和萎缩，这时候有些老年病也就随之而来，如：脑血管硬化、颈椎病、腰椎病、骨质增生、腰痛腿疼、肺气肿、老年前列腺炎等病症。

为了强身健体，延年益寿，欢度晚年，退休后我针对老年人的身体特点，编排了一套适合老年人晨练的"床上健身操"。这套健身操共有17节，做一遍需要30分钟，它以弹动和拉伸为主要动作，以仰卧和坐姿为基本运动姿态，通过长期晨练，可以舒筋活络、活血化瘀、促进代谢、疏肝理气、防病治病、增强免疫力，从而达到抗衰老和强身健体的目的。

这套"床上健身操"和人们到公园里晨练的健身操，有着明显的不同。一，不受外界条件影响，不管刮风下雨，炎夏寒冬，每天都能不间断的晨练。二，穿着内衣做操，身体放松舒展，每个动作都做得很到位，效果比较好。三，在家里做操，环境比较封闭，不放音乐，不数节拍，视力、听力和大脑思维，基本处于休息状态，做操的精力比较集中。四，在做操的过程中，有明显的反应，如出汗，嘴干、肚子饿，打呵欠、打饱嗝、咳痰、排涕，手心、脚心、顶心都有一种蒸发感和刺激感。五，不但能强身健体，长期坚持晨练还能治好很多老年病。

2003 年以前，我患有多种疾病，除老胃病外，还有脑血管硬化、颈椎病、腰疼、腿疼、老年前列腺炎等病，医疗费月月超支。自从开始做了"床上健身操"，上述病症逐步消失，现已连续三年不看病、不吃药、不打针了，三年节省了一万多元医疗费。现在我已经七十多岁了，但身体健康，精力充沛，每天都有干不完的活儿，办不完的事，生活得很充实。

老年人要想身体健康，首先要保持一个好的心态，心态好了，心理平衡了，心情也就舒畅了。另外还得学会自己安慰自己，自己给自己宽心。我的退休金并不多，和人家退休金多的人相比可以说是个贫下中农，为了自己给自己宽心，我常说："多给一些当然好，少给一些不计较，只要身体不得病，多活一年全有了。"

人与宠物

人与动物和谐相处，已有几千年的历史。为了人类生活，驴、骡、牛、马，任劳任怨，默默奉献；猪、羊、鸡、鸭，任人宰割，甘心情愿；鱼、鸟、猫、狗，和人相处，亲密为伴，尤其是狗看家护主，忠心赤胆。

在现在的社会条件下，人们随着经济收入的增加，居住条件的改善和生活水平的提高，家养宠物已成为人们生活中的一大乐趣和一种享受，有些宠物身价很高，甚至享受着家庭成员的待遇。

我原来并不喜欢养宠物，1994年我在休病假期间，孩子们给我买回一只小鸟，一开始是笼养，经过一段时间驯化，改为家养，小鸟可以在家里自由飞翔，与人亲密接触。时间长了和人也就有了感情上的交流。当你伸出手指时，它就会飞过来落在手指上。当你拍拍肩膀，它就会飞过来落在你的肩膀上。晚上孩子们坐在沙发上看电视，它就落在肩膀上，你说耳朵在哪里？它就鹐一下你的耳朵，你说鼻子在哪里？它就鹐一下你的鼻子，逗得全家人哄堂大笑。有时候我躺在床上逗它玩儿，把小塑料球扔到地下，它能给你捡回来，后因纱窗没有关好，小鸟飞走了再也没有飞回来。

我家是个空巢家庭，孩子们都不在身边，平常家里就我们老俩口。小女儿怕我们生活孤单寂寞，2001年给我们抱回一只价值千元以上，从国外引进的宠物小狗。这种狗的品种叫博美，属于世界宠物名狗之一。这种狗小巧玲珑，聪明活泼，特招人喜欢。经过一段时间的驯化，它能听懂很多常用儿语，甚至坐电梯先下后上、叫姥姥开门、叫姥爷吃饭、上网玩儿它都能听懂，简直像个不会说话的小孩儿。

　　小狗干净卫生不在家里排便，每天早、晚出去遛一遛就行。这种小狗特别善解人意，在小狗眼里我是家里的重点保护对象，有一年冬天的早上我领它出去散步，不慎在冰上滑倒，它马上就跑过来用嘴往起扶我；还有一次我一个人在家，因颈椎病发作头晕得厉害，我躺在床上输了一个小时的氧气，它就在我身旁守了一个小时。平时只要我在卧室睡觉，谁也不准进我的家，你要进来它准把你轰出去。

　　在看门问题上，小狗尽职尽责，只要有人按门铃，他总要叫几声。

　　客人来了从不下口伤人。在当前社会上频频发生入室盗窃的情况下，家里养上这么只小狗，会让主人有一种安全感。

　　四川汶川地震发生在2008年5月12日中午2点28分，当时家人都在午休熟睡，在地震波还未传来的前半分钟，小狗突然狂叫不止，当他把三个家睡觉的人都叫起来时，地震发生了，整座大楼摇晃得很厉害，可见小狗对地震的敏感性要比人强。

　　自从养上这只小狗，家里增添了不少欢乐和兴趣，我和老伴儿几乎没有烦恼过。每天早晨，人一睁眼它就过来和你亲热讨你喜欢，让你经常保持一种愉快的心态，这对老年人延年益寿、欢度晚年很有好处。

老伴儿和小狗的合影

第十八章　居安思危

我分管过十四年战备和抢险救灾工作。也可能是职业的关系，退休后依然牵挂着国家的安危，社会的安定和人民的安居。现把我记忆中发生的和今后有可能还会发生的一些天灾人祸，展示在世人眼前，也可能会唤起人们的忧患意识和工作责任心。

河南水灾

1975 年 8 月 4 日至 8 日，河南漯河、驻马店地区普降特大暴雨，上蔡、舞阳、方城、泌阳等县遭受百年不遇的洪涝灾害。受灾最重的方城和泌阳两县日降雨量均在 1000 毫米以上，林庄、郭林两个河道水文站洪峰流量都超过 1500 立方米／秒。在 4 万平方公里的大地上，四天总降雨量 137 亿立方米，板桥水库水位超过坝顶 2.6 米，石漫滩水库水位超过坝顶 3.9 米。

8 月 8 日，板桥、石漫滩两座大型水库，田岗、竹沟两座中型水库以及五十八座小型水库相继溃坝，从大坝溃坝到水库泄空仅有 2-4 个小时。俗话说水火无情，水库溃坝后，下游老百姓来不及疏散和撤离，不少村庄大水过后，人畜、房屋一扫而光，使无数村民遭受灭顶之灾。

暴雨过后低洼地带一片汪洋，人员伤亡十分惨重，财产损失难以统计,农田受灾粮食绝收。灾情发生后国务院和河南省各级人民政府紧急拨出救灾资金和救灾物资,帮助灾民开展生产自救,重建家园。

这次洪涝灾害给人们的教训是,修建水库既可调洪灌溉,又可解决城市供水,如果管好了那是一件利国利民的大好事。相反,如果管不好那就会给人民带来莫大的灾难。尤其是在大汛期间和战争年代,大、中型水库始终是不可忽视的潜在隐患,我们不能掉以轻心。

国家防总很重视防汛工作,每年汛前都要召开一次全国防汛工作会议,安排部署防汛抢险工作任务。各省、市防汛抗旱指挥部,每年都要对病险水库普遍检查一遍,及早安排岁修工程计划。我省有几个河道县城急需迁址,如保德、沁水、古县等。特别是古县,历史上最大洪峰流量为5800立方米/秒,现在预留的河道行洪能力仅有2500立方米/秒。虽然每年防汛工作会议上都提出这些问题,但一直未能引起各级政府和城建部门的重视。

河北地震

1966年3月8日凌晨,河北邢台地区多次发生强烈地震,波及范围很大,当时太原也有明显震感。我记得第二次强震发生在下午,我们正在监测台上班,地震时大楼摇晃,机器相互碰撞,人们都往楼外跑。这几次地震涉及三十多个人民公社,给三十四万人民带来生命财产重大损失。地震发生后,中共中央和国务院立即发出通知、组织开展抗震救灾工作。当时周恩来总理冒着余震的危险,亲临地震灾区视察和慰问。

1976年7月28日凌晨3点42分,唐山、丰南一带发生强烈地震,震级7.8级。由于这次地震烈度强,破坏性大,损失相当惨重。根据官方有关资料统计:遇难242769人;伤残164851人;7200个家庭从地球上消失；15886个家庭解体；8047个丈夫失去妻子；7821个妻子失去丈夫；4204个孩子成了孤儿；3675个老人成为孤寡老人。震后大批的受伤人员曾被空运到全国各地进行抢救治疗，据说当时唐山机场每7分钟就要起降一架飞机，可见抗震救灾工作何等繁忙紧张。

这次地震给当地邮电部门也带来巨大损失，据唐山邮电局领导介绍，当时唐山邮电局共有职工1248人，地震死亡257人，重伤144人。下属各县共有职工2100人，地震死亡19人，重伤37人。通信线路损坏70％；邮电车辆损坏81％；通信设备损坏84％；房屋建筑损坏96％；长、市话交换机损坏100％。

据说唐山大地震发生之前，国家地震局正在唐山召开紧急地震会商会议，由于受"文化大革命"极"左"思潮的影响，会上少数代表认为近期有可能发生大震，应尽快发布地震预报。但多数代表认为，近期内不可能发生大震，需要继续观察和监测，结果会议未完地震就发生了。从损坏的地震台现场可以看出，震前地震台的工作人员都在紧张工作着。地震发生后老百姓对地震局意见很大，曾围攻地震局的车，凡地震局的车辆连标识都不敢亮出来。其实这是误会。该发布地震预报而没有发布，责任并不在地震部门，而在上级的领导决策机关。

唐山地震给人们的启示是，在科学技术和自然规律面前，民主集中制是不可取的，在可能发生的自然灾害面前，宁可信其有，不可信其无，要确实做到万无一失，防患于未然。

战争危害

战争是私有制产生后阶级和阶级、民族和民族、党派和党派、国家和国家之间，在一定阶段矛盾激化后的最高斗争形式。在当今世界上和人类社会中，无论是什么原因引发的战争，都将给国家、民族、人民带来深重灾难。

第二次世界大战结束已经六十多年了，新的世界大战虽然没有爆发，但局部战争始终都没有停止过。而且一打就是几年十几年，甚至更长一些时间。

既然是战争，参战双方都会有伤亡和损失，都要付出沉重的代价。以抗美援朝战争为例，从1950年6月27日战争开始，到1953年7月27日战争结束，在三年零一个月的时间里，以美国为首的多国部队就损兵折将六十七万一千九百五十四人，飞机损失一万零六百二十九架，还没有打赢。实践证明，战争可以征服一个国家，但战争很难征服一个民族。希特勒发动第二次世界大战，最后还是以失败告终自取灭亡。

随着现代科学技术的发展，战争也在逐步升级，过去打的是人海战、钢铁战、消耗战，现在打的是科技战、信息战、遥控战。战争一旦打响，首先是狂轰滥炸，只见飞弹不见人，让人不知所措，难以防范，想反击也无从下手。

两次伊拉克战争，一次波黑战争，一次阿富汗战争，这四次战争虽然都没有使用原子弹，但投下的贫铀弹、石墨弹、钻地弹爆炸力都很强，破坏性、杀伤力也很大。贫铀弹放射性很强，主要破坏生态污染环境，让人陷入病态（包括部分参战的美国老兵），丧失战斗力，即人们所说的"海湾战争后遗症"。石墨弹能使空气导电，用于破坏发电厂和输电线。钻地弹穿透能力很强，用于破坏地下30米的防御工事和战备设施。

由于世界上掌握核技术、拥有核武器的国家越来越多，未来战争又是突然袭击、先发制人，再加上热核武器带有毁灭性，一旦打起核战争，如果不采用毛主席"深挖洞，广积粮"的战略方针，恐怕很难保存自己，消灭敌人，克敌制胜。

1945 年8月6日美国在日本广岛投下第一颗原子弹，8月8日美国又在日本长崎投下第二颗原子弹。这两次原子弹打击使日本人民吃尽了苦头，付出了沉重代价，日本政府也受到沉痛教训，所以战后日本的战备工作搞得特别好。日本的人防设施都在地下30—50米处，共分三层，最上一层是车辆设备，中间一层是商业服务，最下一层才是战备设施层，这样才能起到防原子弹的作用。以色列国家虽然小，但战备工作搞得特别好，城市居民家中都有防空掩体。

我国的人防战备工作，近二十多年来基本没有多大进展，现在的城市只见盖高楼，不见深挖洞，如果真的打起仗来，老百姓到哪里藏身？

现在的城市，现代化程度越高越显得脆弱，不仅经不起战争的打击，若不打招呼连续停上几天电，供不上煤气和水，市民生活就乱套了，城市一切运作也就瘫痪了。尤其是城市实现煤气化以后，煤气管道遍布大街小巷千家万户，特大储气罐就像巨型炸弹一样随时威胁着城市安全。

20 世纪末，由于和平因素增长，各国都把战争的着眼点放在21世纪，但扩军备战工作都没有放松。根据有关媒体提供的资料，2005 年美国的军费开支高达4000亿美元，居世界第一，占全球军费的近一半。日本军费开支，居世界第二。印度2002年进口武器增长率高达72％，进口军火居世界第一。中国的军费开支，远不及美国、日本和印度。

战备通信

一提到战备通信，凡是有军事头脑的人，都会想到无线电通信，因为无线电通信是取得战争胜利的重要保证。常用的无线电战备通信包括短波、微波和卫星通信。

在国外都很重视无线电通信，因为无线电通信造价较低、机动灵活、自成体系、便于组网，很适合打仗、抢险救灾和应对突发事件。美国的短波、微波和卫星通信占70％－80％。日本的短波、微波和卫星通信占50－60％。我国的短波、微波和卫星通信，因为怕泄密过去只占10％左右。到了20世纪80年代末，国家才放开对无线通信的限制，无线通信才得以发展。

在20世纪六七十年代，为了贯彻毛主席"备战备荒为人民"的战略方针，在国家财政还不富裕的情况下，组建了一批二、三线战备工程，不少有志青年响应国家号召，离开城市走进大山，为了战备事业献了青春献终身，献了终身献子孙，有的直到现在祖孙三代还工作在山沟里边。

为加强战备通信，1977年5月18日，国务院、中央军委联合发出通知重申："为保障在战时和遭受各种严重自然灾害的破坏，有线电通信中断时，各级领导机关能及时了解情况，实施不间断的指挥，要在全国县以上建立健全战备、抢险救灾无线电通信。"

为了组建这一套战备机制，国家花了很多钱，用了几十年时间，经过了几代人的不懈努力，遗憾的是现已走了下坡路。现在有些领导战备观念淡薄，忧患意识缺乏，认为天下太平了，可以高枕无忧了。为了减少政策性亏损，战备机构撤销了，通信设备报废了，专业人员调离了，专用车辆调走了。现在不要说是担负战备、抢险救灾通信任务，就是做个临时调度演习，人员、设备、车辆也很难做到拉得出，联得上，通得好。造成这种局面的主要原因是，战备观念淡薄和管理体制不健全。

过去的邮电通信管理实行的是政、企合一，战备通信由邮电部直接抓，事情比较好办。这几年通过改革和重组，邮电部门政、企分开，邮、电分营，电信四分五裂各自为政。特别是国有制改为股份制后，股票上市一切都是董事会和董事长说了算，赔钱的事不干，结果战备通信工作也就搁浅了。

原邮电部王子纲部长曾讲过这样一段话："无线通信是我们邮电通信的看家宝，凡是聪明一点的领导是不会不重视无线通信的，不聪明的领导将来可能要犯大错误。"

国家安危

早在20世纪60年代末，伟大领袖毛泽东主席根据国际形势发展，统观世界风云，以一位杰出军事家的战略眼光，用气壮山河的豪迈口号，向全党、全军和全国人民发出这样的号召："帝国主义亡我之心不死，我们要准备打仗，打大仗，打恶仗，打原子仗，从现在起就得有所准备。"同时又提出"深挖洞，广积粮"的战略方针，以唤起全国人民的忧患意识和应战准备。

毛泽东主席提出这一战略方针，当时是很有针对性的。众所周知，当时中苏关系已经恶化，我国处于多个敌对国家的包围之中，东面有日本军国主义，南面有蒋介石反攻大陆和印度扩张主义，西面有以美帝国主义为首的北约组织，北面有苏联修正主义。在这种形势下任何一个国家的领导人，都不得不考虑自己国家的安全防务。

依据个人看法，无论过去、现在和将来，美国和日本仍然是我们和平发展的潜在威胁。请看以下的历史和事实：

早在1900年八国联军侵略中国时，美国和日本就在其中，他们干涉中国内政，帮助清政府残酷镇压义和团的反帝爱国斗争。1945年9月9日，侵华日军投降，八年抗日战争胜利结束。到了9月30日侵华美军在塘沽登陆。10月10日又在青岛登陆并进驻青岛和北平；11月11日美国军舰运送蒋介石军队在秦皇岛登陆，公开支持蒋介石打内战，让中国人互相残杀。1950年6月27日，以美国为首的十六国联军干涉朝鲜内政，发动侵朝战争，同时侵占了我国的台湾省。为了粉碎美帝国主义的侵朝战争，毛泽东主席向中国人民志愿军发布赴朝参战的命令，从而在全国掀起了抗美援朝、保家卫国的伟大运动。

新中国成立后，美国和日本为了扼制中国的经济发展，对我国实行了长达二十多年的经济封锁。由于受美国的武装干预，导致我国台湾不能解放，祖国不能统一。1972年和1979年，中日、中美虽然建立了外交关系，但两国敌视中国的政策始终没有改变。美、日"安全条约"，美、台"安全防务"，美、日历次联合军演，都把中国列为攻击对象，甚至把我国的经济持续发展也视为对他们的威胁。

1991年苏联解体后，国际形势发生了巨大变化，美国随即将其全球战略方针作了重大调整。一方面把一部分原指向苏联的核弹头转向中国，另一方面组织北约开始东扩。9·11以后，美国用战争恐怖的手段来反对基地组织的恐怖主义，以打击恐怖组织为借口，武装侵略阿富汗，从而把环峙中国的核包围圈，又予收紧。

1999年，美国国会拒绝批准《全面禁止核试验条约》；2001年，美国宣布退出《反导条约》，开始加快发展反导系统；2002年1月，美国国防部向国会提交《核态势评估报告》，第一次将冷战后美国可能进行核攻击的对象明确为七个国家，中国首当其冲；2003年11月，美国总统布什签署批准法律草案，解冻核武器发展资金，并启动小当量核武器"掩体炸弹"计划。这些举措杀气腾腾、咄咄逼人。

日本二战时期和美国是两个敌对国家，二战后发展成受美国控制的军事盟国。由于战后日本的经济恢复很快，科技发展迅猛，现已发展成世界经济大国和军事强国。日本虽然国土不大，人口不多，军队数量没有公开，但军费开支2000年就高达484亿美元，居世界第二，远高于中国、英国、法国、德国和俄罗斯。

现在日本已经拥有制造上千枚原子弹的核材料和核技术，21世纪将拥有亚洲最强大的海军力量。如果允许日本出口军火，日本将控制舰艇市场的60％；军用电子市场的40％；航天市场的30％；美国尖端武器的电子装置中所使用的陶瓷部件95％是由日本提供的；日本研制的新型雷达可以探测360度的任何目标，连美国都要求技术转让。

随着日本军国主义的全面复活，日本已不顾波茨坦会议的规定，首次派出远征军帮助美国联军侵略伊拉克。在历史问题上日本一直表现为认败不认输，不把亚洲各国放在眼里，公然向俄罗斯提出归还北方四岛领土要求，向中国提出钓鱼岛和东海油气田的领土要求，向韩国提出独岛的领土要求。可见，日本当局敌视中国的本质，并没有改变。

从以上事实不难看出，战争威胁依然存在，战备工作不能放松。目前令人担忧的不是核包围也不是核战争，而是不少人越来越缺少忧患意识。

总之，战争危险不可低估，美日承诺不可全信，敌情观念不能没有，战备工作不能放松。作为一个中国人，要用国歌里的歌词，唤起十三亿人民的强烈危机意识，把民族在最坏条件下的生存方案，制定在敌人的先发制人和突然袭击之前。

个人认为，无论战争是打还是不打，大打还是小打，早打还是晚打，打常规战还是打原子战，还是有准备为好，因为只有常备不懈，才能有备无患。"养兵千日，用兵一时"，就是这个道理。

新的世界大战能不能避免？这要看形势的发展。战争能不能推迟？我看推迟的可能性比较大，因为大战的条件还远不成熟。这主要是：

1、当今世界的主流民意是和平与发展，要发动世界大战首先会遭到本国人民和世界人民的坚决反对。

2、现在世界的发展趋势是政治多极化，经济全球化，在经济利益上你中有我，我中有你。你要用战争的方式破坏对方的经济发展，你自己的经济利益也会遭受重大损失。

3、现在世界上占有核材料、掌握核技术、拥有核武器的国家越来越多，特别是亚洲。你想用核武器打击对方，必然也会招来核武器的还击，发动战争的人也得掂量掂量战争的后果。

4、超级大国到处干预国际事务，随意发动侵略战争，树敌太多，失道寡助，多次陷入战争泥潭不可自拔。

5、两次世界大战给爱好和平的人们留下了深刻印象，民意不可违。

根据以上情况，大战一时半会儿还打不起来，我们要抓紧时机，一方面要搞好与周边国家和第三世界国家的友好关系，创造一个相对稳定的和平环境。另一方面要抓紧时间发展经济，提高综合国力，强化国防建设。只有自身强大了，才能不受人欺负。

社会安定

1978年12月，党的十一届三中全会做出重大战略决策，把党的工作重点转移到社会主义现代化建设上来。之后通过改革开放全面促进了我国经济的快速、持续、稳定发展。从而使我国的综合国力大大增强，国民收入普遍增加，生活水平显著提高，温饱问题基本解决。目前党和国家正带领全国人民，建设小康家庭，构建和谐社会，形势发展一派大好。

在这大好形势下，仍然不乏一些杂音。我们有一些党员，特别是党的领导干部，放松了思想修养，淡化了理想信念，为了个人私利，置党纪国法于不顾，公然走向腐败犯罪的道路。领导干部带错了头，加上经济建设中的暂时性过渡性困难，引发社会上的诸多负面影响，带来不协调和不安定的因素。有一个时期，社会上邪恶势力猖獗，违法犯罪严重，成为社会久治不安的主要原因。

党内腐败：腐败案件表现形式为：以权谋私、钱权交易、官商勾结、贪污受贿、吃喝成风、铺张浪费。由于有些案件涉及高层领导，社会背景复杂，虽经媒体曝光，群众也举报不断，但纪检和司法部门作为不明显。如：某走私大案，办案部门将案情大事化小，小事化了，结果是法网恢恢，疏而全漏，一个不抓，一个不究，该升官的照样升官，该发财的继续发财。这样的事情必然在社会上引起极大公愤。

党中央非常重视我党的党风建设问题，反复强调，"执政党的党风，关系党的形象，关系人心向背，关系党和国家的生死存亡"。但是腐败容易，反腐败却很难！保护伞必须打掉，反腐败必须时刻警惕，吃喝风要坚决刹住，这样才能有效改变党风和社会风气，形成风清气正的良好环境。

强有力的群众监督是改变社会风气之必须前提。新中国成立后的"三反""五反""四清"及"社会主义教育"运动，实际上是对领导干部的极大的爱护。

改革开放三十年，特殊利益阶层形成，他们位高权重，心无人民，肆无忌惮，为所欲为，形成极坏的社会影响，成为改革开放的实际阻力。他们违法乱纪搞腐败没人敢揭发，党纪国法难奈他何。这些人在台上享受着特权，退休后依然享受着特殊待遇。他们提拔起来的那些企业领导都是实权派，为了报答他的栽培之恩，退休后随便给他挂上个名义职务，都能拿到一份比他的退休金高几倍的收入。此类现象，为数不少。仅仅靠关起门来搞整顿，实效有限，后果堪忧。

分配不公：我国是一个社会主义国家，社会主义国家的分配原则是"各尽所能，按劳分配"。但改革开放以来，这个分配原则越来越离谱了，真正在生产第一线创造财富、赢得收入的职工拿的工资增长乏力，领导层的某些岗位，工作轻松，工资奖金很高。工资性收入之外的财产性收入如住房、股票等，也是腐败的多发地。福利分房形成的腐败问题，造成极大的国有资产流失，成为社会大众关注的重点。

两极分化：党的十一届三中全会之后，邓小平同志首次提出让少数人先富起来，并允许大力发展私有制经济和民营企业。随着改革开放的深入发展，外资企业、独资企业、合资企业、民营企业都得到迅速发展，给中国的经济发展增添了生机和活力。现在我国的私有制企业已经初具规模，而且已成为国民经济的重要组成部分，成为国有企业的得力帮手。

随着私有制经济的发展，我国已出现了民营百强企业，随之百万富翁、千万富翁和亿万富翁层出不穷。这些先富起来的民营企业家，多数是靠合法经营，勤劳致富的。但也有一些民营企业家，是靠国家的政策倾斜，官员的参与献策，帮助他们富起来的。有的民企在经营中，每办一个分厂国家都免收产品税、固定资产投资税和三年的所得税。在纳税方面享受的是先征后返的优惠政策。这就是说老百姓储蓄存款拿点儿小利息，企业家却用巨额贷款办公发大财，还美其名曰负债经营、借鸡下蛋。还有腰缠万贯的煤老板，挖的是国家煤，赚的是黑心钱，住的是豪华别墅，吸的是工人血汗，过的是天堂生活，坐的是一座金山。像这样富起来的人，国家和人民能认可吗？

两极分化严重，不仅表现在社会财富的占有上，还表现在政治权利和社会地位上。党内腐败、分配不公和两极分化这三大问题，成为未来中国发展的根本性阻碍，如果得不到较好解决，改革开放，全民富裕就是一句空话。

人民安居

国家繁荣富强，需要一个和平稳定的国际环境；构建和谐社会，需要一个安定团结的政治局面；人民安居乐业，需要一个好的社会治安。

我国已是一个法治国家，各项工作都步入法制轨道，按说人民应该享有安居乐业的优越条件。但是由于我国人口太多，流动人员到处都是，城市人口增长几乎失控，再加上社会治理工作跟不上，从而出现社会治安不好，刑事犯罪猛增，老百姓忧心忡忡，深感不安。有一个时期社会上流传着这样一些言论："有钱能买商品粮，干啥都比种地强"，"要想富，挖古墓"。结果大批农民弃农经商，盲目进城，能赚钱就赚，赚不到就偷。有的人看到走私文物能发财，就走向挖古墓的犯罪道路。一度搞的活人不能安生，死人不得安宁。

新中国成立后很多绝迹的社会丑恶现象这几年又重现。不法分子为了赚钱，唯利是图，不择手段，胆大妄为，啥都敢干：吸毒贩毒、聚众赌博、拐卖妇女、卖淫嫖娼、绑架暗杀、偷盗抢劫、侵权盗版、制黄贩黄、欺行霸市、走私偷渡、坑蒙拐骗、假医假药、肇事逃逸、见死不救……。特别是入室盗窃、持械抢劫和假医假药，最让老百姓深恶痛绝。

科学发展、社会进步，必须辅之以人们思想意识和道德行为的同步前进，这才符合社会的发展规律。

形成良好的社会风尚，要从大人做起，从小孩儿抓起。大人的表率作用很重要，有什么样的大人，就会有什么样的小孩儿。现在好多社会现象和风气，对孩子们的发育成长极为不利。孩子是祖国的花朵，是未来的希望，在思想道德教育问题上，再也不能漫不经心，无所作为。

还有，城市越建设越好，可是城市管理工作却严重滞后，这主要表现在脏乱差上。以太原市为例，天空烟尘缭绕、空气质量糟糕；垃圾乱堆乱倒，环境治理不好；小车乱停乱放，影响行人走道；非法广告泛滥，影响市容市貌。

我们要在继续搞好经济建设的同时，着重抓好两件大事。一是继续加大反腐败力度，把"党内腐败"这个肿瘤彻底切除，因为它危及党和国家的前途命运。二是要抓紧治理社会治安，因为它严重危及老百姓的正常生活和社会安全。如果能把这两项工作在三五年内彻底抓好、抓出成效，那我国的经济发展和社会风貌将会大有改观。

台湾问题

台湾解放，祖国统一，这完全是中国的内政问题。

半个多世纪以来，由于美国插手干预台湾事务，导致台湾迟迟不能解放，祖国迟迟不能统一。按照我国现有的综合国力和国防能力，用武力解决台湾问题并不是办不到的事。但是用武力解决并不是上策，因为用武力解决还是中国人打中国人，两岸人民都要付出沉重代价，遭受巨大损失。

现在的台湾局势，正向着有利于和平统一的方向发展，祖国的繁荣富强吸引着两千三百万台湾人民；一国两制的成功经验，让台湾人民看到了台湾的发展前景；台湾高层领导人访问大陆，打破两岸六十年的坚冰，为国、共两党再次合作铺平了道路。只要我们耐心地等待时机，认真地做好工作，用实际行动关心台湾人民的切身利益，支持台湾的经济发展，争取台湾人民的支持和配合。历史潮流不可阻挡，民心所向不可违逆。

台湾回归祖国，只是一个时间问题。

第十九章　诗词选编

　　我对写诗没有研究，也不懂得写诗的规矩和章法，但有时候遇到一些不平的事和特殊的事，很自然地就会用诗词这种形式来抒发内心深处的感情，表达自己的立场、观点和看法。实践表明，用笔锋做斗争的武器，有时候还真能起到一些立竿见影的效果。

游广胜寺

一九五八年七月二十日

古人才艺超众群，
建造胜寺传后人。
今日登上飞虹塔，
环视景区万象新。

　　注释：广胜寺，位于山西省洪洞县城东北方向约10公里的霍山脚下，寺庙依山傍水，树木成林，风景秀丽。其景区以七彩琉璃塔和脚下的大喷泉最为著名，是山西的著名旅游胜地之一。

鸿门遇险

一九八〇年十一月二十三日

演练途经五台山，

遭遇冰雪把路拦。

夜幕降临天色晚，

北风呼啸刺骨寒。

车轮打滑进退难，

过山如过鬼门关。

英雄不怕路艰险，

度过鸿门尽开颜。

注释： 1980年11月，省局组织了一次全省范围内的巡回演练。11月23日演练车队从大同出发，途经应县前往五台山的台怀镇。当演练车队行至北台附近的鸿门岩时，没有想到山上的路已经被冰雪覆盖。积雪有一尺多厚，雪下面是光滑的冰层，车开上去只打滑不前进，处于进退两难的境地。路的右下方就是万丈深渊，情况十分严峻。针对这一险情，我马上用无线电话通知尾车到繁峙县沙河镇购买几把铁镐和铁锹，火速赶来。工具到后经过一个多小时的紧张奋战，终于化险为夷，安全通过，这首诗就是演练车队顺利到达台怀镇的当天晚上写的。

分房有感

一九八四年四月十二日

领导班子换，

心中暗喜欢。

住房有困难，

去找领导谈。

一个扳着脸，

一个不接见。

归来自叹息，

再等十九年。

注释：1984年春，省局盖了一栋新宿舍楼，当时我家5口人住着14平方米的小房子，急需解决住房拥挤问题。结果抱着很大希望去找领导反映情况，却碰了钉子。一气之下写了这首诗。后来这首诗传到局领导耳里，局领导在秘书的陪同下亲自登门走访，看了看我的住房条件，确实有点寒酸，最后省局分房委员会，终于给我分了一套50多平方米的新楼房。

新疆之行

一九九〇年五月十三日

初夏时节飞疆城，
万米高空留倩影。
博峰瑶池美如画，
冬雪春花景不同。

注释：1990年5月，国务院电子办在新疆乌鲁木齐市召开"全国卫星通信应用试点工作现场总结推广会"。我和省计委的马向东同志代表山西，有幸参加了这次会议，并借此机会游览了盛名在外的天山天池。

诗中的疆城指的是乌鲁木齐市。倩影是指从飞机上看到西部沿途各省的锦绣美丽的自然景观。博峰指的是天山山脉的博格达峰。瑶池指的就是天池。

飞越大洋

一九九一年九月十日

渡洋乘飞舟，

如同太空游。

繁星亮晶晶，

明月照五洲。

注释： 1991年7月30日，我和太原市电信局胡尚镜副局长，奉命率团去美国芝加哥摩托罗拉公司总部，参加我省首批移动通信人员技术培训。北京时间下午4点，从日本成田机场乘空中大巴飞越太平洋上空。飞机起飞不久，就进入了漫长的夜航，万米高空天色晴朗，星星月亮分外明亮，让人感觉来到了另外一个世界。这首诗是在抒发我们遨游太空的特殊感受。

人生两部

一九九五年九月二十五日

我的前半生，对党很忠诚。

紧跟毛泽东，一心干革命。

我的后半生，党内风不正。

权益受侵犯，事事得斗争。

注释：我的青年时期，很荣幸成长在毛泽东时代。参加工作不久，组织上就保送我到北京地质部干部学校学习一年，结业后一直工作在党政领导机关和国家要害部门。由于那时候党风正、社风好，尽管工资收入较低、工作担子较重、生活条件较差，但革命热情和工作干劲却很旺盛。

党的十一届三中全会以后，由于党的工作中心转移到经济建设上了，阶级斗争不提了，政治运动不搞了。有些党的基层领导干部，理想信念淡薄，革命意志衰退，政治上堕落、经济上贪腐、工作上专横。他们以个人感情代替党的政策，任意侵犯职工的合法权益。

从1985年以来在转干、提干、评定高级技术职称、享受知识分子工资待遇、享受先进奖励工资待遇和退休后享受国家部、委级劳模待遇等方面，处处与我为难。后经投诉上访落实政策，才部分得到解决。

香港回归

一九九七年六月二十八日

鸦片战争起硝烟，

清皇腐败丧国权。

南京条约把字签，

香港割让百余年。

改革开放国情变，

祖国强盛威力显。

香港回归普天庆，

洗掉国耻换新颜。

注释： 1842年8月29日，清政府在英军炮口威逼下，签订了结束鸦片战争的中英《南京条约》。条约第二项是割让香港，这一割让就是一百五十五年。开创了用条约形式使资本主义掠夺和奴役中国"合法化"的先例。从此把中国变为半殖民地半封建社会。

根据条约规定，1997年香港割让到期，为纪念香港回归祖国，国家把7月1日定为香港回归日，中国人民普天同庆，从而结束了丧权辱国的耻辱历史。

众望所归

二〇〇一年一月十日

举目望神州，

腐败到处有。

党员为党忧，

民为国家愁。

反腐倡廉好，

党群共携手。

投诉寄众望，

但愿有人究。

注释：2000年8月24日，发生在山西邮电系统的七起走私大案，被山西新闻媒体曝光之后，引起了社会舆论的极大关注，也激起了全省三万多邮电职工的极大愤慨。此时一个正义与邪恶、走私与反走私、腐败与反腐败的较量，在三晋大地上悄然展开。

广大邮电职工特别是离退休老干部和老工人，伸张正义，不惧邪恶，为维护国家的法律尊严和党纪的严肃性，纷纷投诉上访，强烈要求司法部门将走私责任人绳之以法。遗憾的是投诉、上访均未达到预期效果，可见反腐败斗争谈何容易。

贪官梦幻

二OO四年四月二十日

腐败的条件：

手中有权，国家有钱。

监督不严，法纪松散。

腐败的心态：

把胆放大，把心放宽。

想挪就拿，想贪就贪。

腐败的形式：

贪污受贿，样样都干。

吃喝嫖赌，家常便饭。

腐败的手段：

挥金如土，贪得无厌。

巨额赃款，提前外转。

腐败的出路：

风声一紧，出国避难。

逍遥自在，欢度晚年。

腐败的结局：

光贪不逃，是个笨蛋。

最后落个，双规法办。

注释：2003年，是我国反腐败斗争成果最显著的一年，在强大的政治攻势下，大陆贪官纷纷外逃。据官方网上公布的数字表明，2003年上半年，全国就有上万名党员及党员干部失踪、外逃，其中县处级以上干部占外逃总数的近一半，携款金额达700多亿美元。从办案中暴露出的问题，我写了这首诗，从诗中不难看出中国贪官腐败的全过程。

该诗写出后在上访投诉时，被国家审计署山西特派组领导看到了，她向我要了一份，看了后说写得很好，并提了点修改意见。

没有白活

二〇〇五年十二月六日

我这一生没白活，风雨世面见的多。

高等学府进过修，去过日本和美国。

事业成就有收获，当过先进和劳模。

部省领导把手握，主席总理接见过。

黄山疗养难求索，公寓养老高规格。

九天之上赏过月，海底世界景不错。

晚年享受保险多，终身不愁吃穿喝。

儿女个个都孝敬，生活天天都快乐。

注释： 我是一个生长在山区农村的穷孩子，小时候想都没有想过，长大后在党和国家的培养教育下，能到北京上了学；有幸参加建国十年大庆，受到伟大领袖毛主席的检阅；能同时受到国务院和中央军委的表彰；能有机遇受到国家主席杨尚昆和国务院总理李鹏的接见；能有机会走出国门去了日本和美国；退休后又能享受到国家部、委级劳模待遇。因此，我可以自豪地说，我这一生没有白活。

第二十章　资料收集

为了了解电信通信的发展历史，掌握一些与本职工作有关的科学知识，我在四十年的工作和学习过程中曾收集了不少历史资料。现将其整理出来展示给后人，也许对那些感兴趣的人会有一些参阅价值。

世界电信

利用电信号或电磁波参数的变化，达到通信联络的目的，通称电信通信。电信通信可分为有线电通信和无线电通信两大类，其业务种类可分为：电报、电话、传真、广播、电视、宽带业务和数据通信等。由于电信通信能迅速传递信号，交换信息，因而被广泛应用于军事指挥、政令传达、生产部署、指挥调度和民用通信等各个方面。

世界电信通信已有近两百年的发展历史，其发展顺序为先有线后无线，先电缆后微波，先模拟后数字，先语言后图像。根据历史资料记载，世界电信的发展演变过程大致如下：

1837 年，美国莫尔斯发明电报。同年游士顿—开明顿之间电报通信试验成功。

1844 年5月，莫尔斯电报实用成功。

1875 年，美国的贝尔发明电话。

1877 年，贝尔获得专利权，在马萨诸塞州设立了"贝尔电话公司"。

1915 年10月，横跨大西洋无线电话通话成功。

1921 年4月，哈瓦那—基韦斯特之间深海电缆开通使用。

1923 年，开始采用印字电报。

1925 年4月，美国电话电报公司开办传真业务。

1927 年1月，开通纽约—伦敦之间无线电话业务。

1929 年，美国埃斯本希德和艾费尔发明了同轴电缆载波制式。

1935 年，正式开办传真电报业务。

1940 年，美国斯蒂比茨和威廉斯研制成功用计算机控制的第一部程控交换机样机。

1941 年6月，明尼阿波利斯—其宾斯波因特之间480路同轴电缆开通电话业务。

1947 年，纽约—波士顿之间第一条微波中继电路建成，可提供480 条话路，一条电视电路。

1954 年，正式开办数据传输业务。

1956 年9月，横跨大西洋的第一条海底电缆开通。

1957 年8月，美国—古巴之间无线散射通信建成。

1958 年1月，正式开办数字电话业务。同年开办了用户电报业务。

1962 年，美国贝尔研究所的"电星1号通信卫星"发射成功，并利用这颗通信卫星进行了第一次横跨大西洋的电视实况转播。

1964 年6月，横跨太平洋的第一条海底电缆开通。

1969 年，正式建成电子数字传输系统。

1970 年7月，可视电话开始商用。

为了纪念世界电信事业的发展，联合国国际电信联盟把每年的5月17 日定为"世界电信日"。每年的"世界电信日"，都有一个活动主题，世界各国电信部门围绕活动主题，搞一些电信技术讲座、电信学术报告会和电信业务宣传活动。

中国电信

我国的电信通信发展起步比较晚，发展速度也比较慢，最早的电话机是手摇的，交换机是磁石的，通话时全靠人工接续，通话质量和效果都比较差。电报是人工莫尔斯音响电报，比较原始落后。通信线路大都是架空实线，一对线只能开一条电路一种业务。

到了20世纪50年代末60年代初，随着通信电缆、载波机、载报机、电传机和供电式交换机的批量生产，电话、电报电路才逐步实现了载波化和载报化。到了20世纪60年代末，随着同轴电缆、微波中继、纵横制和步进制交换机的批量生产，大容量多功能传输手段的提供，使长、市话交换机实现了半自动和全自动拨号。特别是改革开放以后，随着国外先进设备、先进技术和先进管理经验的引进、消化、吸收，这才使我国的通信事业获得飞速发展。如：程控交换、用户电报、数据通信、移动电话、无线寻呼、数字微波、卫星通信、光纤通信和互联网宽带业务等，都是改革开放以后才发展起来的。根据历史资料记载，我国的电信通信发展也有一段漫长的历史：

早在20世纪20年代，我国和美国就建立了通信联系，从旧金山经马尼拉与上海之间就开通了电报、电话和传真电路。

1930年底，旧金山与上海之间开通直达无线电路，此电路在解放后仍然保留。1968年11月我国通知美方停开上海—旧金山之间的无线电路。1971年9月双方协商恢复上海—旧金山之间的无线电报和传真电路。

1968年10月1日，北京—太原60路微波中继电路建成投产。主要传输中央电视台的黑白电视节目。

1969 年 10 月 1 日，北京—太原—西安600路微波中继电路建成开通。这是我国唯一一条采用220伏交流供电的长距离大容量微波干线。该电路1985年扩容改造为960路，1991年又扩容改造为1800路。传输业务有电报、电话、传真、彩色电视、语音广播和宽带广播业务。

1972 年为配合尼克松访华，美国西联国际电信公司承担了北京临时卫星地面站的组建工作。该站在尼克松访华期间提供了60条国际话路，22条国际报路，两条国际传真电路，一条国际电视电路。

1974 年在美国西联国际电信公司的帮助下，我国第一个卫星地面站在北京正式建成投入使用。

1977 年 11 月 8 日，我国自行设计、研制的第一个数字制卫星通信地面站胜利建成投入使用。

1981 年北京—上海之间1800路中同轴电缆工程竣工投产。

1984 年 6 月 1 日，开办广州—香港之间的电视传输业务。

1988 年 3 月，我国引进美国摩托罗拉公司的第一个TACS-900兆赫移动电话通信系统，在上海开通。

1990 年 10 月，石家庄—太原960路微波中继电路正式建成投入使用。1993 年 6 月扩容改造为模拟2400路。

1996 年底，北京—太原—西安光纤通信建成投产。

2000 年 8 月，济南—石家庄—太原—西安—成都SDH数字微波中继电路正式建成投入使用。

山西电信

新中国成立前山西省的电信通信以短波无线通信为主，电报电路主要通达北平、西安、重庆、石家庄、南京、大同、临汾等地。

电话电路主要通达北平、天津、南京、西安、上海、汉口等地，服务于军政和商务部门。长途电话电路仅有两条，总长度为944杆公里。交换机容量仅有3970门，都是人工交换机。解放后特别是改革开放后，各种电信通信都获得快速发展，根据有关资料记载：

1890年5月，我省第一条省际电报电路，在保定—太原—西安之间开通。

1902年9月，我省第一个100门磁石交换机，在太原开通。

1950年我省第一个2000门供电式交换机，在太原开通。

1957年我省第一个2000门步进制自动交换局，在太原正式建成投入使用。

1958年全省开通人工电报电路。

1959年我省第一部12路载波机试制成功。

1964年我省第一条无线移频电报电路在太原—长治之间开通。

1970年我省电报电路实现电传化。

1971年1月14日山西国际电台正式建成投入使用。

1975年200门纵横制交换机在太原研制成功，并投入使用。

1981年24路特高频市话中继电路，在大同—口泉之间开通使用。

1984年3月，太原开办用户电报业务。

1984年4月24日，我省第一条300路微波中继电路在太原—长治之间开通，当时只能传送一路电视节目。1987年太原—33站微波进城工程完工后，才正式传输报、话业务。

1984年6月，上海贝尔公司产万门程控交换机在太原开通使用。

1985年，太原—榆次、太原—忻州、太原—阳泉—石家庄地下对称电缆；大同—北京300路四管小同轴地下电缆；大同—内蒙古300路六管小同轴地下电缆相继竣工投产。

1985年3月31日，我省第一套自动转报系统在榆次投产使用。

1985年8月我省引进瑞士程控交换用户电报系统建成投产。并与国内、国际用户电报网联网。

1985年11月，我省第一个单边带选呼拨号短波无线网，在雁北地区开通。

1986年3月，我省引进加拿大第一个微波一点多址通信系统，在太原开通。

1986年9月29日，我省第一个无线寻呼网，在太原开通。

1988年全省实现自动转报。

1990年4月1日，我省第一条300路数字微波中继电路在太原—阳泉之间开通。

1990年11月1日，长治—晋城960路微波中继电路正式开通投入使用。

1990年我省第一条光纤电路在大同—左云之间开通使用。

1991年9月8日。我省第一个450兆对讲拨号电话网在长治开通。

1992年1月21日，我省第一个移动电话局，在太原开通。

1992年12月，我省太原—各地、市100瓦单边带短波无线网开通。

1992年太原开通长途3000线并实现全国、全省长途电话自动拨号。

1993年3月，临汾—运城960路微波中继电路开通。

1994年5月1日，大同—太原—长治引进加拿大1920路数字微波中继电路开通。

1996年全省实现长途传输电路数字化和长、市话交换机程控化。

1998年我省因特网开通。

1998年11月13日，太原卫星地面站正式建成，投入使用。

卫星发射

我国的航天技术发展，起步于20世纪60年代末。由于我国拥有运载火箭的技术优势，这给发射人造地球卫星，发展卫星通信提供了有利条件。根据历史资料记载，从1970年到1988年，我国共发射了20颗不同类型的人造地球卫星。

第一颗，人造地球卫星，发射于1970年4月24日。

第二颗，科学试验卫星，发射于1971年3月3日。

第三颗，人造地球卫星，发射于1975年7月26日。

第四颗，人造地球卫星，发射于1975年11月26日（回收）。

第五颗，人造地球卫星，发射于1975年12月16日。

第六颗，人造地球卫星，发射于1976年8月30日。

第七颗，人造地球卫星，发射于1976年12月7日（回收）。

第八颗，人造地球卫星，发射于1978年1月26日（回收）。

第九颗、第十颗和第十一颗，为一箭三星，都是空间物理探测卫星，发射于1981年9月20日。

第十二颗，科学试验卫星，发射于1982年9月9日。

第十三颗，科学试验卫星，发射于1983年8月19日。

第十四颗，科学试验卫星，发射于1984年1月29日。

第十五颗，试验通信卫星，发射于1984年4月8日。

第十六颗，科学试验卫星，发射于1984年9月12日。

第十七颗，科学探测和技术试验卫星，发射于1985年10月26日。

第十八颗，实用通信卫星，发射于1986年2月1日。

第十九颗，实用通信卫星，发射于1988年3月7日。

第二十颗，实用通信卫星，发射于1988年12月22日。

需要说明的是，第十九颗实用通信卫星发射成功后，定点于东经87.5°赤道上空的同步轨道，可以覆盖我国整个领土，届时我国租用东经66°国际通信卫星的全部通信业务，将转由这颗通信卫星传送，从而结束了我国花钱租星的历史。

热核武器

说到热核武器，那还得先从物质结构谈起。我们知道世界是由物质组成；物质是由分子组成；分子是由原子组成；原子是由电子和原子核组成；原子核是由质子和中子组成，质子和中子这两类粒子通称强子；强子是由层子组成；层子与层子是由胶子黏合在一起的。

当物质发生化学反应时，就会释放出化学能，这是由于原子外层电子位置发生变化而产生的。如果原子核里的中子和质子的位置发生了变化，就将产生巨大的原子核能。要使原子核里的质子和中子的位置发生变化从而产生巨大的原子核能，有两种办法：裂变反应和聚变反应。

重核裂变反应。一个铀原子核发生裂变时释放出来的能量是很大的。同时它的下一代中子又可能引起其他铀核发生裂变，从而释放出更多的能量，再产生更多的中子。这一反应过程叫作链式反应。由于它是轰击重同位素的原子核，所以也叫重核裂变反应。试验表明一公斤浓缩铀全部裂变时释放出的能量，可以达到相当于两万吨梯恩梯炸药爆炸时所释放的能量。

轻核聚变反应。科学试验证明，轻核缔合成为原子量较大的原子核时会释放出更大的原子能量，这种核反应称作轻核聚变反应。由于聚变反应需要在极高温度下才能进行，所以又称这种反应为热核反应。一公斤氘氚混合物完全反应时所释放出的能量,大约是一公斤浓缩铀完全裂变时所释放出能量的3—4倍。因此用它制成的氢弹具有体积小、当量大和便于运输的特点。

原子弹、氢弹和中子弹在引爆时都需要极高的温度条件,所以三者都称为热核武器,但三者又有区别。原子弹的装料为235铀(或239钚)、炸药和中子源,用炸药作引爆装置。爆炸时在裂变反应区内,温度高达几千万度,压力高达几百亿个大气压,从而产生巨大的杀伤力和破坏性。氢弹的装料为氘化锂,用原子弹作引爆装置,在爆炸时比原子弹的杀伤力和破坏性更巨大。中子弹的装料除具有氢弹装料外,主要是氘氚混合物。中子弹的引爆装置有多种,如高能化学爆炸引爆,激光引爆,粒子束引爆,超钚元素引爆和小型原子弹引爆。中子弹也称加强辐射弹,爆炸时瞬时辐射比同当量的核武器大十倍,由于中子能量高,能谱硬,有较强的穿透力,是一种战术核武器。

核武器在爆炸时所产生的杀伤破坏因素有光辐射、冲击波、早期核辐射和放射性污染。另外,高空核爆炸所产生的核电磁脉冲对无线电通信的破坏和影响,也是不能忽视的。

1958年8月,美国在太平洋约翰斯顿岛上空90公里处,进行了一次高空核爆炸,使该区域数百公里范围内的无线电通信中断了数小时。接着又在大西洋地区上空480公里处,进行了一次当量为1000吨的高空核试验,虽然对地面影响不大,但发现由于高空核爆炸而产生的中子辐射,可使洲际导弹的弹头提前爆炸;而电离层的骚动,可以使弹头偏离轨道。

1961年10月,苏联在北极地区新地岛进行了一次5800万吨当量级的核试验,使美国阿拉斯加—格陵兰的远程警戒雷达系统和4000公里范围内的远程通信系统中断工作达24小时,引起美国极大震惊。

1962年6月,美国在约翰斯顿岛进行了三次高空核爆炸,高度分别为50、320、800公里。爆炸后在800公里及其以外的范围内，无线电通信中断了17—30个小时，曾使太平洋地区的短波无线电通信完全中断。同时使日本与北美及澳洲间的短波无线电通信也完全中断，另外还中断了三个卫星的无线电通信。

1962年7月9日，美国在约翰斯顿岛上空800公里处，进行了一次100万吨当量级的高空核爆炸，产生强烈的辐射带，使该岛周围800公里半径区域内的地球磁场改变了方向，爆炸后一小时才恢复正常。此次试验也中断了我国北京—檀香山、北京—东京、上海—冲绳的无线电通信10—20分钟。

我国是一个核大国，现已完全掌握了原子弹、氢弹和中子弹的研究、制造和应用技术。根据历史资料记载，从1964年开始我国共进行了二十多次核试验：

1964年10月16日，我国自行制造的第一颗原子弹爆炸成功。

1965年5月14日，我国成功进行了第二次核试验。

1966年5月9日，我国进行含有热核材料的核爆炸成功。

1966年10月27日，我国发射导弹核武器试验成功。

1966年12月28日，我国又成功进行了一次新的核爆炸。

1967年6月17日，我国第一颗氢弹爆炸成功。

1968年12月27日，我国又进行了一次新的氢弹试验。

1969年9月23日，我国首次进行地下核试验成功。

1969年9月29日，我国又成功进行了一次新的氢弹爆炸。

1971年11月18日，我国进行了一次新的核试验。

1972年1月7日，我国进行了一次新的核试验。

1973年6月27日，我国成功进行了一次氢弹试验。

1974年6月17日，我国进行了一次新的核试验。

1975年10月27日，我国又成功进行了一次地下核试验。

1976年1月23日，我国进行了一次新的核试验。

1976年9月26日，我国成功进行了一次新的核试验。

1976年10月17日，我国又成功进行了一次地下核试验。

1976年11月17日，我国又成功进行了一次新的氢弹试验。

1977年9月17日，我国进行了一次核试验。

1978年3月15日，我国成功进行了一次新的核试验。

我国核试验结束后，郑重向全世界声明，我国研制试验核武器完全是为了自卫，并表示在任何时候，任何情况下都不会首先使用核武器。

地震记载

山西是华夏文明的发祥地之一，也是一个多地震活动的省份，发生在山西的地震，以其震源浅、强度大、频度高而著称。根据历史资料记载，从远古到20世纪80年代末，构成地震灾害的事件多达140余起，其中8级两次、7级4次、6级18次、5级60次、4.7—5级60次。

地震分布情况为，临汾盆地以强度大，频度高的地震居多。忻定盆地多为强度大而频度低的地震。太原盆地的地震强度中等，但频度居全省之首。大同和运城盆地的地震，强度和频度均为中等。地震多发生在人口稠密、经济发达的大同、忻定、太原、临汾和运城等斜列式断陷盆地及山前丘陵地带。这些地震猝然而至，人不及防，建筑物受损不可胜计，人民饱受苦难，人员死亡达55—70万，历代人民深受地震之害。根据有关部门提供的资料，从公元512年到1989年，我省共发生6级以上地震19次：

512年5月21日，代县发生7.5级地震。

649年9月12日，临汾发生6.5级地震。

793年3月27日，永济发生6.0级地震。

1022 年4月，应县发生6.5级地震。

1038 年1月9日，定襄发生7.25级地震。

1102 年1月15日，太原发生6.5级地震。

1181 年3月，临汾发生6.0级地震。

1209 年12月4日，浮山发生6.5级地震。

1291 年8月25日，临汾发生6.5级地震。

1303 年9月13日，洪洞发生8.0级地震。

1305 年5月3日，怀仁发生6.5级地震。

1614 年10月23日，平遥发生6.5级地震。

1618 年5月20日，介休发生6.5级地震。

1626 年6月28日，灵丘发生7.0级地震。

1642 年6月3日，平陆发生6.0级地震。

1683 年11月22日，原平发生7.0级地震。

1695 年5月18日临汾发生8.0级地震。

1815 年10月23日平陆发生6.75级地震。

1989 年10月18日大同发生6.1级地震。

目前我省共有11个专业地震台，分别设在太原、临汾、夏县、大同、代县、灵丘、定襄、离石、昔阳、长治、永济。其中以太原的晋祠基准地震台为最大，据悉全球发生6级以上的地震都能测到。

我省在大同、太原、临汾设有三个遥测台网，用无线电传送地震信号，最低能记录0.2级的地震。地震台的工作人员24小时轮流值班，随时注意观测各种异常现象，排除非地震因素引起的异常，从而做到准确的预报地震动态。

异彩人生

参 阅 资 料

1、《中国近现代史大事记》

2、《山西通志》

3、《山西微波通信志》

4、《通信技术名词解释》

5、《美国、英国电信组织机构概况》

6、《核武器基本知识及核爆炸对通信的影响》

7、《高空核爆炸对无线电通信及雷达的影响》

后 记

我在退休之前，就萌发过写一部纪实性书的想法。由于退休后单位返聘，又多上了七年班，所以迟迟没有动笔。2004年，我辞退了单位的返聘后，有了充分的写书时间。2005年小女儿给我买了一台微机，优化了写书的条件，这才着手撰写。

一开始写书时，书的名字叫《平凡人生》，因为我觉得我这一生，家境出身贫寒、学识才华有限、职务职称一般、工作事业平凡。撰写完后我把全书贯通了一遍，觉得书的整体内容又有些平凡而不平淡的内涵，所以把书名改成《异彩人生》。2006年春第一版本；2010年秋第一次修订版；2015年冬第二次修订版（加彩图）

我经常在想，一个成长在山区农村的穷孩子，虽然一生经历坎坷，但有机会到首都上学，有幸接受伟大领袖毛主席的检阅，有机遇受到国家主席杨尚昆和国务院总理李鹏的接见，能同时受到国务院、中央军委的表彰，能走出国门到日本和美国考察学习，能在异国他乡拿到科技文凭，退休后又能享受到国家部委级劳模待遇，这些都是小时候想也不敢想的事。正因为如此，我可以自豪地说，我这一生父母没有白生，国家没有白养，个人没有白活。

写这部书的过程中，我曾得到山西省邮政局王以明高级工程师和山西省农业干部学校史庆凡高级农艺师的指导和帮助，在此特向他们表示衷心感谢，并致以崇高敬意。由于本人文化程度不高，写作能力有限，书中的不妥之处，恳请读者批评指正。

李西亭

2006年春于太原